KB000517

데이트 · 어 · 라이브 앙코르
DATE A LIVE ENCORE

【데이트 준비 case-1 요시노】

　자기 방에 있는 거울 앞에 선 요시노는 그 거울을 뚫어져라 쳐다보았다.

　원피스에 주름…… 없음. 머리카락…… 흐트러진 곳 없음. 자신의 몸가짐을 꼼꼼하게 확인한 후 챙이 넓은 밀짚모자를 쓴 요시노는── 거울 앞에서 몸을 빙글 회전시켰다.

　가장 마음에 들어 하는 옷과, 가장 마음에 들어 하는 모자. 몸도 머리카락도 깨끗하게 씻었고, 옷에도 주름진 곳이 없었다. 문제 될 곳은 한 군데도 없었다. 그런데도 불안을 느낀 요시노는 또 거울을 들여다보았다.

　『저기~, 요시노~. 아직 멀었어~? 이제 나가야 할 시간이라구~.』

　요시노가 그러고 있을 때, 그녀가 왼손에 낀 토끼 퍼핏 인형 『요시농』이 입을 뻐끔거리면서 불만 섞인 목소리를 냈다.

　「아…… 미, 미안, 요시농……. 그런데…… 나, 이상하지…… 않아……?」

　『괜찮아, 괜찮아~. 저녁 얻어먹으러 가는 것뿐이잖아~. 정말~, 요시노는 시도 군네 집에 갈 때마다 이런다니깐~.』

　「……윽! 그, 그렇지, 않…….」

　『아냐~?』

　「으, 으응…….」

　요시노는 신음을 흘리면서 밀짚모자의 챙으로 얼굴을 가렸다.

　그러자 『요시농』이 어깨를 으쓱하면서 입을 열었다.

　『그냥 요시노가 시도 군에게 데이트 신청을 하는 건 어~때~?』

　「뭐, 뭐어?! 그, 그건, 무리…….」

　『으음~, 그래도 시도 군과 데이트하고 싶지?』

　「하, 하고는…… 싶지만…….」

　요시노가 그렇게 말한 순간, 『요시농』이 히죽 웃었다. 그리고 배 언저리를 뒤지더니, 자그마한 기계를 꺼냈다.

　「……아! 그, 그건…….」

　『우후후~, 녹음기라는 거야~. 얼마 전에 레이네 씨한테서 사용법을 배웠거든~. 방금 한 말, 한 자도 빠뜨리지 않고 완벽하게 녹음했습니다요~.』

　「……!」

　요시노는 숨을 삼키면서 그 녹음기를 뺏으려고 했다. 하지만, 『요시농』은 가볍게 몸을 비틀어 그녀의 손을 피했다.

　「요, 요시농……!」

　『맡겨둬. 이 요시농이 요시노 대신 시도 군에게 데이트 신청을 해줄게~.』

　「아, 안 돼……!」

　……그 후, 요시노는 고생 끝에 『요시농』에게서 녹음기를 뺏는 데 성공했지만, 그 탓에 머리는 다 흐트러졌고, 옷도 주름투성이가 되었다.

　하지만 시도는 그런 요시노를 보고── 깜짝 놀란 표정을 지으면서도 귀엽다고 말해주었다.

【데이트 준비 case-2 이츠카 코토리】

「……으음.」

코토리는 〈프락시너스〉 안에 있는 집무실에서 책상 위에 놓인 하얀 리본과 검은 리본을 번갈아 바라보면서 신음을 흘렸다.

두 개의 리본을 책상 위에 펼쳐놓은 코토리는 현재 머리를 묶지 않은 상태였다. 긴 머리카락이 어깨와 등을 타고 흘러내리면서 평소와는 다른 분위기를 자아냈다.

코토리가 머리를 감싸 쥔 순간, 집무실의 문이 느닷없이 열렸다.

「……코토리, 이 안건 말인데…… 응?」

그렇게 말하면서 레이네가 방 안으로 들어왔다.

「윽!」

레이네를 본 코토리는 책상 위에 있는 검은색 리본을 쥐더니, 엄청난 속도로 머리카락을 묶었다.

「레, 레이네…… 노, 노크 정도는 하고 들어와.」

「……으, 으음, 미안. 깜빡했어. ……그런데 뭘 하고 있었던 거야?」

「으윽…….」

코토리는 우물쭈물거렸지만, 결국 한숨을 내쉬면서 입을 열었다.

「……내일, 시도와 둘이서 쇼핑하러 가기로 했거든. 그때 어느 리본을 하고 갈지 고민 중이었어.」

코토리는 리본을 통해 자신을 마인드 컨트롤하고 있었다. 하얀 리본을 맸을 때는 순진무구한 여동생으로, 검은색 리본을 맸을 때는 강한 의지를 지닌 사령관으로 변신하기 위해서였다.

하지만, 그렇기 때문에…… 시도와 단둘이서 외출할 때 어떤 모습을 보여주어야 할지 망설이게 되었다. 하얀 리본을 매면 내숭을 떠는 것처럼 보일지도 모르고…… 그렇다고 해서 검은색 리본을 매면 시도를 의식하고 있는 것처럼 보일지도 모른다.

코토리의 말을 들은 레이네는 볼을 긁적이면서 입을 열었다.

「……둘 중 어느 거라도 상관없을 것 같은데? 도저히 못 정하겠으면 눈 딱 감고 하나를 고르는 건 어떨까?」

「그건…… 그렇지만…….」

「……네 오빠는 리본의 색깔 가지고 여동생을 싫어하는 그런 남자야?」

「……!」

레이네의 말을 들은 코토리는 눈을 동그랗게 뜬 후…… 어깨에 들어가 있던 힘을 뺐다.

「그래. 너무 생각이 많았던 걸지도 몰라.」

코토리는 그렇게 말하면서 검은 리본을 풀었다. 그리고 흰색 리본 옆에 검은색 리본을 놓고, 눈을 감은 채 뒤섞기 시작했다.

「어느 것을 할까……요!」

그리고 하나의 리본을 고른 후, 눈을 떴다.

「…….」

손에는…… 흰색과 검은색 리본이 하나씩 쥐어져 있었다.

「……이럴 때는 어떻게 할 거야?」

레이네는 고개를 갸웃거리면서 물었다.

【데이트 준비 case-3 토비이치 오리가미】

　기지에서의 모의전 후. 임의 영역 사용 후의 권태감이 사라지자, 오리가미는 천천히 몸을 일으켰다.

　그녀는 와이어링 슈트에서 다른 옷으로 갈아입기 위해 탈의실로 향했다.

　긴급 장착 디바이스를 사용하면 눈 깜짝할 사이에 옷을 갈아입을 수 있지만, 그것은 어디까지나 긴급용이며, 뇌에 상당한 부담을 준다. 솔직히 말해 평상시에는 가능하면 쓰고 싶지 않았다.

　탈의실에 도착한 오리가미는 먼저 온 손님이 있다는 사실을 눈치챘다. 그들은 조금 전에 함께 모의전을 치른 대원들이었다.

　오리가미는 손을 살짝 들어 올리면서 인사를 건넨 후, 자신의 로커를 열고 가방을 꺼냈다. 그러자 옆에 있던 대원이 오리가미의 로커 안을 들여다보았다.

　「어머? 오리가미 상사. 평소보다 옷에 기합이 들어간 것 같은데요?」

　「아, 진짜네. 가방도 귀여워.」

　오리가미는 고개를 끄덕였다.

　「실은, 오늘 데이트 약속이 있어.」

　오리가미의 말을 들은 젊은 대원들이 『꺄아~!』 하고 새된 비명을 질렀다.

　「우와, 진짜야? 오리가미 상사만은 배신하지 않을 줄 알았는데~.」

　「분대장님! 오리가미 상사에 대한 소지품 검사를 제안합니다!」

　「음, 허가한다!」

　그 말을 들은 대원들이 오리가미에게 몰려들었다. 그리고 시도와 자신 사이를 감출 생각이 없는 오리가미는 순순히 가방을 내밀었다.

　하지만 몇 초후. 기대에 찬 눈빛을 띠고 있던 대원들의 얼굴에 당혹감이 서렸다.

　「으, 으음…… 토비이치 상사. 이 병 안에 든 건……」

　「그의 식사에 넣을 것. 한 알만으로도 원기 100배.」

　「이쪽에 있는, 자극적인 향기를 내뿜고 있는 액체는…….」

　「만일의 사태가 벌어졌을 때, 천에 묻혀 그의 코와 입에 댈 것.」

　「이, 이 수갑과 테이프는……」

　「어쩌면 필요할지도 몰라.」

　「……으음. 다시 한 번 확인하겠는데, 토비이치 상사는 지금부터──.」

　「데이트하러 가.」

　「……」

　대원들은 침묵에 사로잡혔다.

　그녀들이 왜 저러는 것인지 이해하지 못한 오리가미는 고개를 갸웃거리면서 옷을 갈아입었다.

DATE A LIVE ENCORE

Game centerTOHKA, ImpossibleORIGAMI, FireworksYOSHINO,
BirthdayKOTORI, LunchtimeYAMAI, Star FestivalKURUMI

CONTENTS

DATE
데이트

A
어

LIVE
라이브

ENCORE
앙코르

글 : **타치바나 코우시**
그림 : **츠나코**
옮긴이 : **이승원**

인계(隣界)에 존재하는 특수 재해 지정 생명체. 발생 요인, 존재 이유 둘 다 불명.
이쪽 세계에 모습을 드러낼 때, 공간진(空間震)을 발생시켜 주위에 심각한 피해를 끼친다.
또한, 엄청난 전투 능력을 보유하고 있음.

WAYS OF COPING1
대처법1

무력을 통한 섬멸.
단, 위에서 말했듯, 매우 강대한 전투 능력을 보유하고 있기 때문에 달성 가능성이 극도로 낮음.

WAYS OF COPING2
대처법2

——데이트를 해서, 반하게 만든다.

데이트 · 어 · 라이브
앙코르

DATE A LIVE ENCORE

SpiritNo.10
Height 155 Three size B84/W58/H83

토카 게임 센터

Game center TOHKA

DATE A LIVE ENCORE

"토비이치 오리가미…… 이 바보 멍청이이이이이잇!"

──쿠아앙!

고함을 지르며 눈에 보이지 않는 속도로 내지른 주먹이 미트에 꽂혔다.

다음 순간 미트의 고정 장치를 박살 낸 주먹은 그 뒤에 있는 액정 화면을 관통한 후, 벽에 꽂혔다.

그러자 박살 난 고정 장치에서 불꽃이 피어올랐고, 고장 난 화면에서는 연기가 나기 시작했다.

"으윽……?!"

뒤쪽에 서서 그 모습을 본 이츠카 시도는 안구가 튀어나오는 것은 아닐까 걱정이 될 정도로 눈을 치켜떴다.

텐구 중심가에 있는 게임 센터 안.

복싱 글러브와 미트가 달린 기계── 흔히 펀칭 머신이라고 불리는 기계 앞.

"……휴우, 이제 좀 마음이 개운해졌다."

그곳에 서 있는 야토가미 토카는 한숨을 내쉬면서 그렇게 말한 후, 갈가리 찢어진(!) 글러브를 벗었다.

그녀의 호리호리한 몸이 움직일 때마다 흔들리는 칠흑빛 머리카락과 수정 같은 눈동자.

경국지색이라는 말이 떠오를 정도의 미모를 지닌 소녀였다.

그런 소녀 앞에 있는 펀칭 머신은 끝없이 팡파르 소리를 내고 있었다. 정말 기묘하기 그지없는 광경이었다.

주위에 있는 관객들은 그 모습을 보곤 입을 쩍 벌리고 있었다.

"그, 그래……. 다행이야."

시도가 식은땀을 흘리면서 그렇게 말한 순간, 뒤쪽에서 다급한 발소리가 들렸다.

"자, 잠깐…… 소, 손님?! 대, 대체 무슨 짓을 하신 거죠?! 이러시면 곤란합니다!"

게임 센터 직원으로 보이는 남자가 거품을 물면서 이쪽으로 달려오고 있었다.

"음?"

"아…… 큰일 났다."

하지만.

"……어?"

직원은 시도의 곁으로 다가오기 직전에 걸음을 멈췄다.

이유는 단순했다. 신장이 2미터 정도 되어 보이는 검은색 양복의 남성이 그의 앞을 막아섰기 때문이다.

"다, 당신은 누구죠……?"

"실례합니다. 저와 잠시 저쪽에서 이야기 좀 하시죠."

"어, 잠깐…… 어, 어라? 아, 아…… 안 돼애애애애앳?!"

직원은 비명을 지르면서 그 남자에게 끌려갔다.

"음? 저자는 누구지?"

"……그, 글쎄."

토카에게 그렇게 말하기는 했지만…… 시도는 그 남자의 정체가 얼추 예상이 되었다.

그리고 시도의 예상대로── 그의 오른쪽 귀에 꽂힌 인터 컴에서 한 소녀의 목소리가 흘러나왔다.

『──방해꾼은 우리가 처리할 테니까 마음 놓고 데이트를 계속해. 토카의 스트레스를 확실하게 풀어주라구.』

"……오케이."

시도는 토카에게 들리지 않도록 낮은 목소리로 대답했다.

시도는 현재 토카와 기묘하기 그지없는 방과 후 데이트 중이었다.

이 데이트의 발단이 된 사건은 종례 직후에 벌어졌다.

◇

"토노마치, 네 핸드폰에 달린 그건 뭐야?"

종례가 끝나고 다른 학생들이 하교를 시작했을 즈음, 하교 준비를 하던 시도는 클래스메이트인 토노마치 히로토를 쳐다보며 괴이쩍은 목소리로 물었다.

"응? 이거 말이야?"

토노마치는 헤어 왁스로 세운 머리카락을 긁적이면서 들고 있던 핸드폰을 흔들어 보였다.

그에 맞춰, 핸드폰 끝에 달린 물개 스트랩이 흔들렸다.

"귀엽지? 레인보우 물개 옷토레야."

"그래…… 외설물 진열죄로 걸리지 않게 조심해."

"이 녀석은 건전한 캐릭터라고! 왜 내가 가지고 있다는 이유만으로 외설물 취급을 하는 거야?!"

"아…… 미, 미안."

시도가 쓴웃음을 지으면서 사과하자, 토노마치는 "정말……." 하고 말하면서 어깨를 으쓱했다.

"한 개 더 있는데 너 줄까? 이 시리즈, 요즘 엄청 인기야. 이거 달면 여자애들도 좋아할걸?"

토노마치는 그렇게 말하면서 교복 호주머니 안에서 종이와 비닐로 포장된 스트랩을 꺼냈다.

"어? 두 개나 산 거야?"

"아니. 게임 센터에서 뽑은 경품이야. 얼마 전에 한 번에 두 개 뽑았거든."

"오, 대단한데."

시도는 토노마치가 내민 스트랩을 바라보았다.

……눈가가 너무 리얼하게 생긴 탓일까, 솔직하게 말해 그다지 귀엽다는 생각이 들지 않았다.

"……됐어. 보고 있으니 기분이 나빠져."

"그래? 내 눈에는 귀엽게만 보이는데 말이야."

"아, 이 녀석은 꽤 귀엽네."

시도는 스트랩의 포장지에 인쇄된 시리즈 상품 안에 있는 판다 마스코트를 손가락으로 가리켰다.

"아, 드림 판다 판다로네 말이구나. 옷토레의 친구인 판다로네는 공 타기가 특기야."

"뭐, 그런 설정에는 관심 없지만 이 녀석이라면 갖고 싶네."

"미안하지만 그 녀석은 없어. 몇 번 도전해봤지만 뽑기 어려운 곳에 배치되어 있더라고."

"흐음."

시도가 그런 반응을 보인 순간.

"——뭐?!"

뒤쪽에서 누군가의 고함 소리가 들려왔고, 그 소리를 들은 시도는 깜짝 놀랐다.

"뭐, 뭐야……?"

깜짝 놀란 시도가 뒤를 돌아보니, 여학생 두 명이 말다툼을 벌이고 있었다.

"그, 그럴 리가 없다……! 네 녀석, 말도 안 되는 소리 하지 마라!"

"나는 사실을 말했을 뿐이야."

"시끄럽다! 그딴 헛소리를 내가 믿을까 보냐?!"

"시끄러운 건 너야. 좀 조용히 해."

"뭐?!"

"뭐."

두 사람 다 한 걸음도 물러서지 않았다.

둘 중 한 명은 토카였다. 그리고 다른 한 명은 인형 같은 표정으로 담담하게 말을 하고 있는 소녀—— 토비이치 오리가미였다.

성적 우수, 스포츠 만능. 시도네 반이 자랑하는 완벽 초인이다.

"저 녀석들, 또 왜 저러는 거야……?"

시도가 그렇게 말하면서 다시 토노마치 쪽을 돌아보았지만, 그의 모습은 보이지 않았다.

"이, 이 자식……."

귀찮은 일이 발생할 것 같다는 사실을 눈치채고 도망친 것 같았다.

시도는 하아~ 하고 한숨을 내쉬었다.

다툼의 원인이 무엇인지는 모르지만, 두 사람을 저대로

내버려둘 수는 없었다. 시도는 머뭇거리면서 입을 열었다.

"저, 저기……."

"뭐냐?!"

"무슨 일?"

시도가 말을 걸자, 토카와 오리가미는 동시에 그를 향해 고개를 돌렸다.

시도는 한순간 당황했지만, 그래도 목소리를 쥐어짜내 말했다.

"이, 일단 진정 좀 해. 대체 무슨 일이야?"

시도가 묻자, 토카와 오리가미는 시선을 교환했다.

……그런 두 사람에게서는 공기조차 얼어붙게 만드는 듯한 무시무시한 박력이 뿜어져 나왔다.

"──나는 매우 당연한 말을 했어. 야토가미 토카가 이해력이 떨어지는 거야."

"뭐?! 이건 전부 네 녀석이──."

"지, 진정 좀 하라고. 응?"

"……흥."

시도가 두 사람 사이에 서면서 그렇게 말하자, 토카는 고개를 휙 돌리면서 자기 자리에 앉았다.

"……."

그리고 오리가미는 아무 말 없이 교실에서 나갔다.

"하아…… 대체 무슨 일이야?"

바로 그때—— 시도의 눈썹이 흔들렸다.

호주머니 안에 넣어둔 핸드폰이 진동했기 때문이다.

"……응?"

핸드폰 화면에 표시된 이름은 『이츠카 코토리』. 시도의 여동생이었다.

시도는 교실 구석으로 이동한 후, 통화 버튼을 눌렀다.

"——여보세요. 무슨 일이야? 코토리."

『무슨 일인지 몰라서 묻는 거야? 이 원형 탈모.』

"……."

코토리는 입을 열자마자 선제 폭언을 날렸다.

시도는 표정을 딱딱하게 굳혔다.

……코토리는 왜 또 **사령관 모드**인 것일까.

『——방금, 토카의 기분 수치가 단숨에 하한가 근처까지 급하락했어.』

"뭐……?"

시도가 눈썹을 모으면서 묻자, 코토리는 한숨을 내쉬면서 말을 이었다.

『내가 조심하라고 했었지? ——대부분의 힘이 봉인된 상태라고 해도 그녀는 정령이야. 「존재」하는 것만으로도 세계를 죽인다는 말을 듣던 재앙이라구. 정신 상태가 현저하게 불안정해지면, 봉인된 힘이 역류할 수도 있단 말이야.』

"……윽."

코토리의 말을 들은 시도는 마른침을 삼켰다.

그렇다.

코토리의 말대로, 토카는 인간이 아니다.

발생 원인, 존재 이유, 전부 다 수수께끼인 『정령』이라고 불리는 존재다.

지금은 어떤 방법으로 그녀가 지닌 대부분의 힘을 봉인한 후, 코토리가 소속된 기관 〈라타토스크〉의 감시하에 누었다. 하지만―― 그녀가 지닌 압도적인 힘을 본 적이 있는 시도는 코토리의 말을 듣고 공포를 느낄 수밖에 없었다.

『그러니, 토카의 정신 상태가 불안정해진 이유를 알고 싶어. ――시도, 너 그녀에게 대체 어떤 변태 행위를 한 거야?』

"내가 무슨 짓을 했다는 전제를 깔고 이야기 좀 하지 말라고."

『그럼 무슨 일이 있었는데?』

"그게…… 방금 토비이치와 말다툼을 심하게 했어."

『토비이치라면 AST의 토비이치 오리가미?』

"그래."

AST. 대(對) 정령 부대.
<small>안티·스피릿·팀</small>

코토리가 소속된 〈라타토스크〉와는 달리, 무력으로 정령을 제거하려 하는 특수 부대다.

토비이치 오리가미는 고교생이면서도 그 부대의 실전 요

원 중 수위에 꼽힐 정도의 재원(才媛)이다.

지금은 토카의 힘이 봉인되어 있기 때문에 오리가미도 그녀를 공격하지 않지만── 그래도 두 사람의 사이는 매우 나빴다.

『쳇, 골치 아픈 일이 벌어졌네. ──뭐, 이미 벌어진 일 가지고 후회해봤자 아무 소용없지. 시도, 빨리 토카의 기분을 풀어줘.』

"나도 그러고 싶은데……."

시도는 그렇게 말하면서 토카를 바라보았다.

……그녀의 온몸에서는 불온한 아우라가 마구 뿜어져 나오고 있었다. 그녀 옆에 관엽식물을 놔둔다면 눈 깜짝할 사이에 말라비틀어지고 말 것이다.

"……대체 어떻게 해야 토카의 기분을 풀어줄 수가 있을까?"

『이 쇠똥구리, 대체 무슨 소리를 하는 거야? 간단하잖아. 데이트 신청이라도 해. 으음…… 그래. 스트레스 풀 겸 게임 센터에라도 가자고 해. ──우리 쪽에서 완벽하게 서포트해줄 테니까 딴 걱정은 하지 않아도 돼.』

"뭐──."

『그럼 이쪽에서도 준비를 시작할 테니까, 서둘러.』

시도가 대답을 하기도 전에 코토리는 멋대로 그렇게 말한 후, 전화를 끊었다.

"……."

코토리에게 하고 싶은 말이 꽤 있었지만…… 이 상황에서 그 말들을 하는 것은 힘들 것 같았다.

핸드폰을 호주머니에 넣은 시도는 크게 심호흡을 했다. 그리고 토카를 향해 걸음을 옮겼다.

"저, 저기, 토카."

"……무슨 일이냐, 시도."

토카는 언짢은 듯한 목소리로 말했다.

그 말을 들은 시도는 움찔했지만…… 필사적으로 목소리를 쥐어짜내 말했다.

"……아, 아니, 그게…… 괜찮으면, 나랑 같이 놀러 안 갈래?"

"음?"

시도의 말을 들은 순간, 토카의 주위를 가득 채우고 있던 불온한 공기가 순식간에 사라진 것 같은 느낌이 들었다.

"놀러 가자니…… 즉, 시도는 나와 데이트하고 싶다는 것이냐?"

토카는 시도를 올려다보면서 물었다.

……토카의 말이 맞기는 한데, 그렇게 대놓고 물으니…… 조금 부끄러웠다. 시도는 볼을 긁적이면서 고개를 끄덕였다.

"응…… 맞아."

시도의 대답을 들은 토카는 환한 미소를 지으면서 자리에서 일어났다.

"오오……! 좋다, 가자."

"그, 그래?"

"그런데 어디를 갈 것이냐?"

"으음…… 게임 센터는 어때?"

"게임 센터?"

그 말을 들은 토카는 고개를 갸웃거렸다.

"그러니까…… 간단하게 말해, 게임이라는 게 잔뜩 있는 곳이야."

"호오. 재미있는 곳이냐?"

"그래. 펀칭 머신과 두더지 잡기 같은 것도 있거든. 그런 걸 하다 보면 마음속 짜증이 확 날아가서 기분도 좋아질 거야."

"재미있을 뿐만 아니라 기분도 좋아지는 곳이냐! 그 외에는 어떤 게 있지?"

"글쎄. 격투 게임 같은 건 좀 어려울 것 같고…… 아, 리듬 게임 같은 건 난이도를 낮추면 꽤 할 만할 거야."

"리듬 게임?"

"그래. 음악에 맞춰서 화살표가 그려진 패널을 발로 밟거나, 북 모양 컨트롤러를 몽둥이 같은 걸로 때리는 게임이야. 게임이 잘 풀리면 기분이 정말 상쾌해져."

"호오!"

"그 외에도 기계를 조작해서 과자를 뽑는 게임 같은 것도 있어."

"뭐……?! 과자까지 얻을 수 있는 것이냐……?! 정말 최고구나!"

"그래, 최고야."

"아예 거기서 살고 싶다!"

눈을 반짝이는 토카를 본 시도는 쓴웃음을 흘렸다.

"그건 좀…… 그리고 18세 미만은 밤 열 시 이후로는 들어갈 수 없어."

"음, 그러하냐?"

"응. 법으로 정해져 있어. 아, 맞다. 코토리가 준비한 토카의 호적상 연령은 16세야. 게임 센터뿐만 아니라 너무 밤늦게는 밖을 돌아다니지 마."

"음…… 알았다."

토카는 팔짱을 끼면서 고개를 끄덕였다. 아무래도 한 번에 너무 많은 정보를 준 것 같은 느낌이 들었다.

바로 그때, 토카의 과장스러운 리액션을 본 여학생 그룹이 두 사람 곁으로 다가왔다.

"저기 저기~, 무슨 이야기를 하고 있는 거야?"

"응? 아, 으음……."

질문을 받은 시도는 볼을 긁적였다.

시도가 대답을 하지 못하자 토카가 대신해서 입을 열었다.

"지금부터 시도가 나를 좋은 곳으로 데려가 주기로 했다!"

그 말을 들은 여자애들은 히죽거리면서 시도를 바라보았다.

"꺄아, 염장 좀 지르지 말라구~."

"아~. 뜨겁네, 뜨거워~."

"이츠카 군도 참~."

"아…… 그게……."

그녀들의 반응을 본 시도는 볼을 붉히면서 눈을 돌렸다.

"저기 토카, 이츠카 군이 데려가 준다는 좋은 곳이 어디야?"

여자애 중 한 명이 토카에게 물었다.

토카는 "음?" 하고 말하면서 눈을 동그랗게 뜬 후, 기억을 뒤지는 듯한 시늉을 하면서 입을 열었다.

"으음…… 뭐라고 했더라? 분명 즐겁고…… 아, 맞다! 18세 미만은 들어가서는 안 되는 곳에 간다고 했다."

『뭐……?』

토카의 말을 들은 여자애들은 그대로 딱딱하게 얼어붙었다.

"……윽! 토, 토카, 그게 아니잖아. 그건 밤 열 시 이후에 ──."

"음? 그랬느냐?"

시도가 당황한 목소리로 그렇게 말했지만, 여자애들의 귀에는 시도의 말이 전혀 들리지 않는 것 같았다.

그녀들은 얼굴을 마주한 채 소곤거리기 시작했다.

"18세 미만 출입 금지라면……."

"역시, 그렇고 그런 호텔……?"

"아니, 어쩌면 밤업소일지도……."

"오, 오해야!"

시도는 필사적으로 자신의 무죄를 주장했다.

시도의 반응을 보고 자신이 말실수를 했다는 사실을 눈치 챈 토카도 시도를 변호하려 했다.

"너희가 무슨 생각을 하는 건지는 모르겠지만…… 시도는 그저, 나를 기분 좋게 해주겠다고 말했을 뿐이다."

『뭐…….』

"그래. 발로 밟거나, 몽둥이로 때리면 매우 기분이 좋아진 다고 했다!"

『…….』

여학생들은 토카의 손을 잡더니, 시도에게서 그녀를 지키 려는 것처럼 자신들의 등 뒤로 대피시켰다.

"으, 음? 뭐 하는 것이냐?"

토카가 당황한 표정으로 여자애들을 바라보자, 그녀들은 미간을 찌푸리면서 고개를 저었다.

"걱정하지 마, 토카. 우리, 뭐가 어떻게 된 건지 다 알았 어."

"사전에 알아서 다행이야……. 우리 순진무구한 토카가 변태에게 잡아먹힐 뻔했네."

"……이 인간 말종! 부끄러운 줄 알아!"

물론 마지막 말은 토카가 아니라 시도에게 한 말이다.

"아, 아냐! 나는 그저——."

시도가 변명을 하기 위해 입을 열자, 여자애들은 토카를 지키려는 것처럼 두 팔을 펼쳤다.

……시도는 완전히 여자의 적 취급을 받고 있었다.

"왜, 왜 그러느냐?! 시도는 나쁜 녀석이 아니다!"

토카는 당황한 목소리로 말했다.

"토카는 정말 착한 아이구나……. 그렇기 때문에 토카의 순수한 마음을 이용하려고 한 이츠카 군의 죄는 더 무거워."

하지만 여자애들은 토카의 말에 전혀 귀를 기울이지 않았다.

시도를 필사적으로 변호하던 토카는 좋은 생각이 났는지 손뼉을 치면서 말했다.

"아! 그래! 시도는 방금, 내가 거기까지 따라오면 과자를 주겠다고 말했다! 어떠냐? 정말 좋은 녀석이지 않느냐?"

『…….』

여자애들은 아무 말 없이 시도를 노려보았다.

"……아니, 그게……."

시도는 알 수 있었다. 분명 그녀들은 머릿속으로 시도가 순진무구한 토카에게 "히히, 히히히, 아가씨, 나를 따라오면 맛있는 과자 줄게~." 하고 말하는 장면을 상상하고 있을 것이다.

바로 그때, 시도의 핸드폰이 울렸다. ──코토리였다.

"……아, 잠깐만 실례할게."

시도는 여자애들에게 그렇게 말한 후, 전화를 받았다.

"……여보세요?"

『이, 느림보, 뭐 하고 있는 거야? 빨리 데이트를 시작하라구.』

"아니…… 그게, 생각지도 못한 방해꾼들이 나타나서……."

『변명 따위 듣고 싶지 않아. 지금부터 3분 안에 학교에서 나와.』

"어, 잠깐──."

뚝. 뚜~ 뚜~ 뚜~.

코토리는 시도의 말도 듣지 않고 전화를 끊어버렸다.

"……."

사령관 모드의 코토리라면, 시도가 토카를 데리고 3분 안에 학교에서 나오지 않으면 또 페널티를 줄 것이다.

"……토카! 가자!"

시도는 핸드폰을 주머니에 넣은 후, 필사적인 목소리로 토카를 불렀다.

"알았다!"

난처한 표정을 짓고 있던 토카는 환한 미소를 짓더니, 여자애들 사이로 몸을 쏙 빼낸 후 시도에게 다가갔다. ──그리고 도중에 자신의 가방도 챙겼다.

시도는 그런 토카를 본 후, 교실 밖으로 도망쳤다. 토카도 시도의 뒤를 쫓았다.

"앗……! 토카!"

"속으면 안 돼! 돌아와!"

"누가 좀 도와줘! 토카가! 토카가 더럽혀지고 말 거야아아아아앗!"

교실 쪽에서 불온한 음성이 들려왔지만, 시도는 필사적으로 그 음성들을 무시하면서 내달렸다.

그리고── 현재에 이르렀다.

시도와 토카는 주위 손님들의 뜨거운 시선을 받으면서 천천히 게임 센터 안을 돌아다녔다.

주목을 받고 있는 이유는 알고 있다.

토카는 펀칭 머신을 비롯해, 두더지 잡기와 팔씨름 머신 등, 신체 능력을 이용하는 게임을 차례차례 클리어하고 있었다.

물론, 이 『클리어』란 말 그대로 소거라는 뜻이다. 그러니 주목을 모으는 것도 무리는 아니었다.

"음. 게임이라는 건 정말 재미있구나!"

"그, 그래……."

시도는 순수한 미소를 짓고 있는 토카를 향해 그렇게 말한 후, 쓴웃음을 지었다.

그리고 인터컴 너머에 있는 상대를 향해 낮은 목소리로 말했다.

"……어이, 코토리. 진짜로 괜찮은 거야?"

『응. 사후 처리는 〈라타토스크〉에 맡겨둬. 주목을 모으는 건 좋지 않지만── 지금은 토카의 스트레스 발산이 최우선이야.』

"그럼 괜찮지만……."

"시도?"

"……윽! 왜, 왜?"

토카가 느닷없이 말을 걸자, 시도는 깜짝 놀란 것처럼 어깨를 부르르 떨었다.

토카는 그런 시도를 이상하다는 듯이 바라보면서 게임 센터 안을 둘러보았다.

"다음에는 어느 게임을 할 것이냐?"

"그, 글쎄, 뭘 하지……?"

시도가 주변을 둘러본 순간.

『아, 잠깐만 기다려.』

인터컴에서 코토리의 목소리가 흘러나왔다.

"──자아, 다음에는 뭘 할까?"

텐구 중심가 상공 15000미터에 떠 있는 공중함 〈프락시너스〉의 함교.

그곳에 있는 이츠카 코토리는 몸을 뒤로 젖히면서 물고 있는 막대사탕의 막대 부분을 이리저리 흔들었다.

이 함교에 있는 이들 중 가장 어린데도 불구하고, 그녀가 앉아 있는 자리는—— 〈프락시너스〉의 함장석이었다.

"——레이네. 토카의 기분은 현재 어때?"

코토리가 묻자, 함교 하단부에서 콘솔을 조작하고 있던 해석관·무라사메 레이네가 눈 밑의 다크서클을 손가락으로 문지르면서 말했다.

"……으음. 양호한 편이야. 여전히 기계를 박살 내고 있지만, 위력 자체는 서서히 줄어들고 있어."

함교의 중앙 스크린에는 현재 토카가 비치고 있었다.

그리고 그녀의 주위에는 『기분』, 『호감도』를 비롯한 각종 파라미터와 텍스트 윈도가 표시되어 있었다.

마치 미소녀 게임의 화면 같았다.

"그래. 그거 다행이네."

"……응. 하지만 신경 쓰이는 점이 하나 있어."

"뭔데?"

"……기분은 좋아지고 있지만 불안감 수치가 여전히 높아. 어쩌면 걱정거리를 안고 있는 걸지도 몰라."

"걱정거리, 라……. ——시도, 짐작 가는 건 없어?"

코토리가 마이크를 향해 그렇게 말하자, 시도의 목소리가 스피커에서 흘러나왔다.

『딱히 짐작 가는 건 없는데…….』

"그래? 정말 도움 안 되네."

『…….』

"뭐, 좋아. 일단 좀 더 토카와 놀면서 상황을 지켜보자."

코토리가 그렇게 말한 순간, 화면 중앙에 새로운 윈도가 표시되었다.

① 퀴즈 게임을 둘이서 협력 플레이!

② 상성 진단 게임으로 두 사람의 사랑을 재확인!

③ 스티커 사진을 찍으면서, 추억을 만들자!

같은 선택지가 표시되었다.

〈프락시너스〉의 인공 지능이 토카의 정신 상태를 진단한 후, 상황에 맞는 행동 패턴을 제안해준 것이다.

"──흐음. 다른 사람들은 어떻게 생각해?"

코토리가 그렇게 말한 순간부터 5초가 채 흐르기도 전에, 그녀 옆에 있는 소형 모니터에 막대그래프가 표시되었다.

함교에 있는 승무원들이 재빨리 선택지를 고른 후, 코토리의 단말로 송신한 것이다.

가장 많은 것은── ③.

"다들 나와 같은 의견인 것 같네."

"①은 논할 가치도 없습니다. 문제를 틀려서 기분이 나빠

질 가능성이 있으니까요."

코토리의 뒤에 서 있는 남성 부사령관이 차분한 목소리로
말했다.

"……②는 나쁘지 않지만 만에 하나 두 사람의 상성이 나
쁘게 나왔을 경우, 분위기가 나빠질 가능성이 있어. ──그
런 점에서 볼 때, ③이 가장 좋을 것 같아. 두 사람만의 기념
품이 생길 뿐만 아니라 사진을 찍을 때, 커튼 속 밀폐 공간
에 단둘이 있을 수 있다는 부가 요소까지 따라오니까 말이
야."

레이네가 말했다.

"으음, 맞아. ──시도, 스티커 사진이야. 토카와 함께 사
진을 찍어."

『……오케이. 그런데 나, 스티커 사진 기계의 작동법을 잘
모르는데…….』

"기계에 작동법이 적혀 있잖아. 빨리 토카를 데리고 가기
나 해."

『……알았어.』

"──토카, 저쪽에 안 갈래?"

"아, 좋다."

〈라타토스크〉의 지시를 받은 시도는 토카를 스티커 사진

코너로 안내했다.

"음? 시도, 이건 무엇이냐?"

"으음…… 뭐, 간단하게 말해 재미있는 사진을 찍는 기계야."

"뭐……."

시도의 간단하기 그지없는 설명을 들은 토카는 볼을 붉히면서 눈을 치켜떴다.

"사, 사진……?"

"응? 왜 그래? 토카."

"……아니, 사진이라는 것에 아직 익숙하지 않아서……."

"뭐? 그래?"

시도가 되묻자, 토카는 얼굴을 붉히면서 고개를 끄덕였다.

"그래? 그럼 찍지 말자."

"……으음."

하지만 토카는 잠시 동안 생각에 잠긴 듯한 표정을 지은 후, 주저하면서 입을 열었다.

"……시도는 내 사진이 가지고 싶으냐?"

"뭐……? 뭐, 그야…… 가지고 싶긴…… 해."

시도가 애매하게 대답하자, 토카는 마음을 진정시키려는 듯이 심호흡을 한 후 시도를 올려다보았다.

"……이번만 특별히 같이 찍어주마."

"으, 응……."

뭐랄까 범상치 않은 분위기를 느끼면서 시도가 고개를 끄덕이자, 토카는 『전신 스티커 사진』이라고 적힌 커다란 기계 안으로 들어갔다.

시도가 그녀의 뒤를 따라 안으로 들어가려고 하자…….

"……시, 시도. 너 왜 들어오려고 하는 것이냐?"

바로 그때, 토카가 시도를 제지했다.

"응? 이런 건 둘이서 같이 찍는 거 아냐?"

"바, 바보 같은 소리 하지 말고 밖에서 기다리고 있어라!"

토카는 그렇게 외친 후, 거칠게 커튼을 쳤다.

"어, 어라……."

시도는 코토리에게 어떻게 할지 물어보기 위해 인터컴을 손가락으로 두드렸다.

『토카 좋을 대로 하게 둬. 그리고 토카의 기분이 풀리면 둘이서 나중에라도 같이 찍도록 해.』

"아…… 알았어."

시도는 고개를 끄덕인 후, 토카가 들어간 기계에 기대섰다.

……하지만 아무리 기다려도 반응이 없었다.

"……저기, 코토리. 스티커 사진을 찍는 데 이렇게 시간이 걸리는 거야?"

『종류에 따라 달라. 요즘 기종은 찍은 후에 글자를 쓰거나 자기 취향대로 꾸밀 수 있거든. 신경 써서 만들면 꽤 시간이 걸릴 거야.』

"흐음…… 엄청나네. ……그런데 토카는 어디서 그런 걸 안 거지?"

『글쎄. 토카가 찍혀본 사진이라고는 〈라타토스크〉에서 보호했을 때 찍은 데이터용 사진밖에 없을 텐데…….』

시도와 코토리가 대화를 나누고 있을 때, 기계 외부에 달린 사진 배출구에 인쇄가 끝난 스티커 사진이 나왔다.

"어……? 사진 나왔나?"

그 사진을 꺼내본 시도는──.

"우읍……?!"

얼굴을 새빨갛게 붉히면서 숨을 삼켰다.

『시도, 무슨 일이야?』

"그, 그게 그러니까……!"

시도가 허둥지둥 들고 있던 스티커 사진을 가방에 넣었다.

그럴 수밖에 없었다. 왜냐하면 그 사진에는── 실오라기 하나 걸치지 않은 토카가 찍혀 있었기 때문이다.

"토카?! 너, 지금 뭘──."

예상외의 사태에 직면한 탓에 당황한 시도는 커튼을 젖히면서 고함을 질렀다.

바로 그 순간, 시도는 멍청하기 그지없는 자기 자신을 저주했다.

그것도 그럴 것이, 방금 저런 사진이 나왔다는 것은──.

"──윽?!"

"아······."

평소보다 피부 노출 비율이 80% 정도 올라간 토카와 시선이 마주친 시도는 그대로 얼어붙었다.

옷을 다시 입던 중이었는지, 속옷을 걸친 그녀는 몸을 앞으로 굽힌 채 검은색 니삭스를 걷어 올리고 있었다.

그 외에는 아무것도 걸치지 않았다. 그녀의 아름다운 칠흑빛 머리카락이 흩날리면서 몸 곳곳을 가리고 있을 뿐이었다.

"코, 코토리······〈라타토스크〉에서 찍은 데이터용 사진이라는 건——."

『뭐, 전라 상태로 찍어. ——아, 그래도 안심해. 여성 멤버들만 볼 수 있거든.』

"그, 그런 문제가——."

"바, 바보 녀석! 빨리 나가라······!"

"으윽······!"

시도의 안면에 정령이 날린 일격이 정통으로 꽂혔다.

◇

"······."

게임 센터 한쪽.

오리가미는 아무 말 없이 크레인 게임의 버튼을 조작하고 있었다.

그녀가 뽑으려고 하는 경품은 바로 시도가 가지고 싶다고 말했던 드림 판다 판다로네 스트랩이었다.

색깔은 총 세 종류로, 평범한 판다 컬러와 레드 컬러, 흰색과 검은색이 반전된 컬러가 있었다.

——오늘 방과 후, 오리가미는 우연히 시도와 시도의 지인이 나누는 대화를 들었다.

어디까지나 우연히 들은 것이었다. 시도의 등 뒤에 서서 이야기를 훔쳐 들었다거나, 그것 때문에 야토가미 토카와 말다툼을 한 것은 아니다. 절대 아니다.

"……."

크레인 게임의 집게가 색 반전 판다로네의 머리를 살짝 잡았지만—— 놓쳤다.

하지만 오리가미는 표정을 굳힌 채 다음 동전을 넣었다.

바로 그때.

게임 센터 안쪽에서 콰아아아아아앙! 하는 소리가 들렸다.

"——뭐, 뭐야?"

"아, 펀칭 머신과 팔씨름 머신 같은 것을 박살 내고 다니는 커플이 있대."

"정말? 남친이 복싱 선수야?"

"기계를 차례차례 부수고 있는 건 여자애 쪽이래."

"뭐? 그게 정말이야?"

"……."

──정말 민폐 커플이다. 오리가미는 기계를 조작하면서 생각했다.

　자신과 이츠카 시도라면 그러지 않을 것이다.

　오픈 카페 같은 곳에서 차를 마시면서 느긋한 한때를 보내리라.

　"……."

　바로 그때, 집게가 색 반전 판다로네를 꽉 잡았다.

　집게는 그대로 배출구 근처까지 이동했지만── 도중에 인형을 놓쳤다.

　아쉽다. 하지만 인형은 꽤 꺼내기 쉬운 위치에 있었다. 다음번에는 꼭 뽑을 수 있을 것이다.

　그렇게 생각하면서 동전을 향해 손을 뻗은 오리가미는── 움직임을 멈췄다.

　레버 옆에 산더미처럼 쌓아뒀던 동전이 어느새 전부 다 없어졌기 때문이다.

　"……."

　오리가미는 어쩔 수 없이 동전 교환기를 향해 달려갔다.

　"……미안하다."

　"아니…… 나야말로 미안."

옷을 입은 토카가 미안해하면서 사과하자, 시도는 부풀어 오른 볼을 손으로 문지르면서 마주 사과했다.

"하지만…… 이것 하나만은 기억해둬. 사진 찍을 때 옷은 안 벗어도 돼. 보통은 옷을 입고 찍는다고."

"……음, 기억해두마."

토카는 풀이 죽은 상태에서 말했다.

『아하하. 목이 붙어 있다니, 시도는 정말 운이 좋네.』

바로 그때, 인터컴에서 코토리의 느긋한 목소리가 흘러나왔다.

항의할 겸 인터컴을 손가락으로 톡톡 두드린 후, 시도는 걸음을 옮겼다.

『──뭐, 시도의 목이 붙어 있는 건 그만큼 토카의 기분이 좋아진 덕분이야. 일단 목표는 달성한 것 같네. 이제 불안감만 풀어줄 수 있으면 완벽할 텐데 말이야.』

"……불안감, 이라."

시도는 토카를 바라보면서── 고개를 갸웃거렸다.

"──응?"

토카는 오른편에 있는 크레인 게임기에 찰싹 달라붙어 있었다.

"토카? 왜 그래?"

"시도, 저건 어떻게 뽑는 것이냐?"

"으음…… 여기 있는 버튼을 누르면서……."

시도는 간단하게 조작법을 설명하면서 크레인 게임기 안에 있는 경품을 둘러보았다.

예의 판다로네 스트랩이 개별 포장이 된 채 들어 있었다.

"──뭐, 그렇게 하면 돼."

"흠."

토카는 그렇게 말한 후, 지갑에서 100엔짜리 동전을 꺼내 기계에 집어넣었다.

그리고 방금 시도가 가르쳐준 대로 버튼을 눌러 집게를 조작했다.

하지만── 집게는 스트랩 근처에도 가지 못했다.

"으음, 꽤 어렵구나."

"아직 안 익숙해서 그런 거야. ……괜찮으면 내가 대신 뽑아줄까?"

시도의 말을 들은 토카는 고개를 저었다.

"아니, 그래서는 의미가 없다. 내가 뽑게 해다오."

"그래? ──아, 저걸 노리는 게 어때? 꽤 뽑기 쉬운 위치에 있네."

"음?"

시도의 손가락이 가리키고 있는 곳을 토카가 바라보았다.

그곳에는 흰색과 검은색이 반대인 판다로네가 절묘한 각도로 서 있었다. 비닐 포장의 구멍에 집게를 건다면 바로 뽑을 수 있을 것이다.

"오오!"

토카는 눈을 반짝이면서 또 100엔 동전을 집어넣었다.

그리고 버튼을 조작해── 집게가 비닐 포장의 구멍에 걸리게 했다.

"오오! 성공했다, 시도!"

"그래, 잘했어. 아무리 좋은 위치에 있었다고 해도 두 번만에 성공했네."

"음. 이제 이걸──."

바로 그때, 토카는 말을 잇지 못했다.

집게가 배출구 위로 이동했지만, 경품이 떨어지지 않았기 때문이다.

"뭐, 뭐가 어떻게 된 것이냐?"

"아…… 걸려버렸네. 뭐, 이럴 때는 점원에게 말하면──."

"흥!"

시도가 말을 하고 있을 때, 퍼억! 하는 소리가 들렸다.

그 소리의 정체는 바로 알 수 있었다. 토카가 주먹으로 크레인 게임기의 투명 플라스틱 부분에 구멍을 낸 것이다.

"……토카."

"음."

토카는 아무 일도 없었다는 듯이 집게에 걸려 있는 판다 로네를 꺼낸 후, 만족스러운 표정을 지으면서 고개를 끄덕였다.

"그럼 돌아가자, 시도."

"그, 그래……."

◇

"……."

동전 교환을 한 후 크레인 게임기 쪽으로 돌아온 오리가미는 그 자리에 멈춰 섰다.

이유는 단순했다. ——조금 전까지 오리가미가 플레이하고 있던 기계에 구멍이 뚫려 있을 뿐만 아니라, 오리가미가 노리던 판다로네 인형이 보이지 않았기 때문이다.

"누구 짓……?"

그녀의 입에서 낮은 목소리가 흘러나왔다.

바로 그때——.

"아, 실례하겠습니다~."

그 말과 함께 게임 센터 안쪽에서 작업원 몇 명이 이쪽으로 오더니, 능숙한 솜씨로 크레인 게임기에 운반용 기구를 연결한 후, 가게 밖으로 옮겼다.

그리고 새로운 기계가 바로 설치되었다.

"자, 다 됐습니다~."

작업원은 코드 등을 연결하고 경품을 넣은 후, 동작 체크를 했다.

──그러는 데 걸린 시간은 약 10분.

정체불명의 커플이 박살 냈다는 다른 기계들도 어느새 전부 새것으로 교체되었다.

"······."

뭐가 어떻게 된 것인지 잘 모르겠지만, 지금 신경 써야 할 것은 그런 게 아니었다.

오리가미는 아무 말 없이 크레인 게임기 앞에 선 후, 수많은 판다로네를 쳐다보았다.

조금 전까지와는 달리, 경품들은 꽤 뽑기 쉬운 위치에 있었다.

이 정도라면──.

오리가미는 아무 말 없이 눈을 반짝이면서 버튼 옆에 500엔짜리 동전을 쌓았다.

◇

"······그게 그렇게 가지고 싶었어?"

게임 센터에서 나온 후.

저녁노을이 드리워진 길을 걸으면서, 시도는 자신과 나란히 서서 걷고 있는 토카에게 물었다.

"으음······."

그 말을 들은 토카는 갑자기 걸음을 멈췄다.

"어? 토카?"

시도도 덩달아 걸음을 멈춘 후, 토카를 바라보았다.

그러자 토카는 고개를 살짝 숙이면서 들고 있던 판다로네를 시도에게 건넸다.

"어······?"

"주마. 이것은, 시도에게. 그러니까── 아니, 그러니까가 아니라, 뭐랄까······."

토카가 영문 모를 소리를 하자, 시도는 고개를 갸웃거렸다.

"뭐?"

시도가 되묻자 토카는 각오를 다지듯 입술을 꾹 다문 후, 말했다.

"나를······ 싫어하지 말아다오."

"뭐······ 뭐어? 무, 무슨 뚱딴지같은 소리를 하는 거야?"

그 말을 들은 시도는 영문을 모르겠다는 표정을 지은 후, "아." 하고 낮은 탄성을 터뜨렸다.

"너, 좀 전 일을 신경 쓰고 있었던 거야?"

"으음······ 그것도 있지만······."

토카는 잠시 동안 입을 다문 후, 말을 이었다.

"······시도. 오늘 나와 토비이치 오리가미가 말다툼한 것을 기억하느냐?"

"그래······ 기억해."

토카는 삐친 어린애처럼 입술을 삐죽 내밀면서 말했다.

"……실은 그때, 그 녀석은 이렇게 말했다."

"뭐라고 말했는데?"

시도가 묻자, 토카는 그의 표정을 살피면서 풀죽은 목소리로 말했다.

"……정령이 인간과 공존하는 것은 불가능하다. 인간이 세계를 죽이는 정령을 받아들일 리가 없다. 그러니──."

토카는 각오를 다진 듯한 목소리로 말했다.

"시도도 정령을 싫어할 거라고……."

"……하아."

시도는 볼을 긁적였다.

뭐, 당사자는 심각하고 고민한 것 같으니 이런 말을 하는 건 조금 그렇지만…… 솔직히 말해 맥이 풀렸다.

토카가 불안감을 느낀 원인이 겨우 이런 것이었다니…… 같은 생각이 들었기 때문이다.

……어쩌면 그다지 좋아하지 않으면서도 사진을 찍겠다고 한 것도, 시도에게 미움받기 싫어서 그런 것일지도 모른다.

"……저기, 시도. 역시 시도도 나를 싫어──."

"그럴 리가 없잖아."

"……정말이냐?"

토카는 불안한 표정으로 나를 바라보았다.

"그래."

"정말의 정말이냐?"

"정말의 정말이야."

"정말의 정말의 정말이냐?"

"……."

시도는 잠시 동안 생각에 잠긴 후, 말을 이었다.

"적어도 나는 싫어하는 녀석과, 그러니까…… 데, 데이트 같은 건 안 해."

"아──."

시도의 말을 들은 토카는 눈을 동그랗게 떴다.

"응…… 그렇, 구나……."

토카는 볼을 살짝 붉히면서 입가에 미소를 머금었다.

그런 토카에게, 시도는 판다로네를 돌려주었다.

"그러니 이건 네가 가져. 네가 직접 딴 거잖아. 오늘 데이트의 기념 삼아 네가 가져. 응?"

"으음…… 그렇게 하마."

토카는 환한 미소를 지으면서 판다로네를 받았다.

바로 그때, 코토리의 목소리가 인터컴에서 흘러나왔다.

『──75점. 일단 합격이야.』

"……땡큐."

다음 날.

학교에 온 시도를 맞이한 것은 무시무시한 표정을 짓고 있는 여학생 집단이었다.

"왔구나, 변태."

"죽어버려."

"돼지 멱따는 소리를 내게 만들어주겠어."

"뭐…… 뭐어?"

영문을 모르겠다는 표정을 지은 시도는 그 여학생 집단 안에 있는 토카를 보고는 상황을 이해했다.

"내가 몇 번이나 말했지 않느냐. 시도는 아무 짓도 하지 않았다."

토카는 주위에 있는 여학생들을 향해 그렇게 말했다. 하지만…….

"걱정하지 마, 토카. 우리가 이 변태 성욕남을 사회적으로 말살해버릴게."

"많이 힘들었지? 아팠지? 우리 불쌍한 토카. 네 정조의 원수는 우리가 갚아줄게."

"……그러니 어제 있었던 일을 가능한 한 자세하게 설명해줘. 무슨 짓을 당했어? 응? 응?"

여자애들의 말을 들은 토카는 고개를 열심히 저었다.

"무, 무슨 말을 하는 건지는 잘 모르겠지만, 너희는 착각을 하고 있는 게 분명하다! 나는 어제 시도와 함께 게임 센터라는 곳에 갔을 뿐이란 말이다!"

『뭐……?』

토카의 말을 들은 여자애들은 그 자리에서 딱딱하게 얼어 붙었다.

그리고 어제 토카가 했던 말들을 떠올린 후──.

"……이츠카 군, 토카 말이 사실이야?"

"……그래. 사실이야."

『…….』

그제야 오해를 푼 여학생들은 서로의 얼굴을 바라본 후…….

"아, 아하하하하. 그, 그래. 이츠카 군이 그런 짓을 했을 리가 없어."

"나, 나는 처음부터 뭔가 잘못되었다고 생각했어."

"토, 토카가 무사하다니 정말 다행이야."

딱딱한 미소를 지었다.

"……뭐, 오해가 풀렸으니 됐어."

시도는 한숨을 내쉰 후, 자신의 자리에 앉아 1교시 수업에 쓸 교과서를 꺼냈다.

──바로 그때, 가방 안에서 흘러나온 무언가가 바닥에 떨어졌다.

"아, 내가 주워줄게. 이츠카 군."

"그래? 고마──."

바로 그때, 시도의 표정이 딱딱하게 굳었다.

왜냐하면 방금 떨어진 것은──.

"——읍……."

그것을 주운 여학생은 숨을 삼켰다.

뭐, 그럴 만도 했다. 느닷없이 토카의 알몸 사진을 보면 누구나 저런 반응을 보일 것이다.

"뭐가 오해라는 거야?! 게임 센터에서, 노, 노출을 강요하다니……! 우리 예상보다 변태 지수가 더 높잖아!"

"아, 아냐. 이건——."

"변명하지 마아아앗!"

"우, 우왓……?!"

시도는 자신의 안면을 향해 날아온 주먹을 피한 후, 허겁지겁 교실 밖으로 도망쳤다.

"앗, 시도! 어디 가는 것이냐?!"

뒤쪽에서 토카의 목소리가 들렸지만, 돌아볼 여유가 없었다.

지금 멈춰 섰다간 인정사정없는 집단 폭행의 희생양이 되고 말 것이다.

"우와아아앗! 바보 짓했다아아아앗! 왜 이걸 그냥 가방에 넣어둔 거지이이잇?! 나는 정말 멍청이야아아아아앗!"

시도는 고함을 지르면서 복도를 내달렸다.

바로 그때——.

"우왓?!"

모퉁이를 돌던 시도는 누군가에게 멱살을 잡혔다.

"쿨럭……, 뭐, 뭐야?"

한순간, 추격자들에게 잡혔다고 생각했지만── 그렇지 않았다. 시도의 멱살을 잡은 사람은 바로 토비이치 오리가미였다.

"토, 토비이치?"

"받아."

오리가미는 시도의 멱살을 놓은 후, 가방에서 무언가를 꺼내 시도에게 건넸다.

"어? 이건……."

그것은 드림 판다의 판다로네(레드 컬러 버전) 스트랩이었다.

"줄게."

"어…… 괘, 괜찮은데……."

"줄게."

"……으음."

"줄게."

"…………감사합니다요."

오리가미에게 완전히 압도당한 시도는 판다로네를 받았다.

그러자 오리가미는 가방에서 판다로네(노멀 컬러)가 달린 핸드폰을 꺼냈다.

"커플링."

"아…… 으, 으음, 그러네……."

"……."

시도가 고개를 끄덕이자, 오리가미는 핸드폰을 가방에 넣은 후 교실로 향했다.

"뭐…… 뭐야……?"

시도가 복도에 주저앉은 채 망연자실해 하고 있을 때, 이번에는 교실 쪽에서 토카가 그를 향해 뛰어왔다.

"시도! 괜찮으냐?"

"으, 응……."

"이제 돌아가도 된다. 내가 오해를 풀어뒀—— 음?"

말을 하다 만 토카는 시도의 손을 뚫어져라 쳐다보았다.

그 손에는 조금 전에 오리가미가 준 판다로네가 쥐어져 있었다.

"오오!"

토카는 호주머니에서 판다로네(색 반전 버전)를 꺼냈다.

"커플링이구나, 시도!"

"그, 그래……."

시도는 볼을 긁적이면서 말했다.

시도와, 토카와, 오리가미.

세 사람은 기묘한 커플링을 하게 되었다.

오리가미 임파서블

ImpossibleORIGAMI

DATE A LIVE ENCORE

"나, 실은 로리콤이야."

휴일 낮. 마을 한복판에서.

이츠카 시도는 낮은 목소리로 그렇게 말했다.

"근처 초등학교에 가서 체육을 하고 있는 여자 초등학생들을 관찰하는 게 내 일과야. 더러움을 모르는 드럼통 보디를 볼 때마다 내 〈오살공(鏖殺公)〉은 폭발 직전이라고. 초등학생은 정말 최고야!"

"그래."

일생일대의 초대형 커밍아웃을 했는데도, 시도와 마주 선 소녀── 토비이치 오리가미는 혐오감으로 가득 찬 표정을 짓기는커녕 무표정한 얼굴로 고개를 끄덕였다.

어깨까지 기른 머리카락과 호리호리한 몸매. 인형처럼 아름다운 얼굴에는 인형처럼 감정의 편린조차 찾아볼 수 없었다.

그녀는 갑자기 고개를 숙이더니, 자신의 조신하기 그지없는 가슴을 매만진 후 다시 시도를 바라보았다.

"잘 됐어."

"뭐가?!"

시도는 무심코 고함을 질렀다. ……하지만 지금은 당황할 때가 아니라고 생각한 시도는 어험 하고 헛기침을 한 후 말을 이었다.

"실은 그것만이 아냐. 나는 중증 마더콤이기도 해. 매일 아침 엄마 사진에 키스를 한 후 등교해."

"그래."

"……시, 실은 시스콤이기도 하거든? 매일 밤 여동생인 코토리와 같이 자."

"그래."

"크윽……! 그, 그뿐만 아니라 바람도 엄청 펴! 지금도 양 다리, 아니 열 다리 정도 걸치고 있다고!"

"…………."

내가 자포자기하는 심정으로 외친 말을 들은 순간, 오리 가미의 눈썹이 살짝 흔들렸다.

'서, 성공인가……?!' 라고 생각한 순간, 오리가미의 입술 이 움직였다.

"딴 여자들을 이 세상에서 지워버리면 돼."

"무, 무슨 짓을 할 생각인 거야?!"

시도가 비명에 가까운 고함을 지르면서 머리를 감싸 쥐었다.

바로 그때, 오른쪽 귀에 장착한 인터컴에서 어이없어하는 듯한 목소리가 흘러나왔다.

『……우와아, 정말 관용 넘치는 여자네. 세기말 패자(覇者) 아냐?』

시도의 여동생 · 코토리는 그렇게 말했다. 코토리의 말을 들은 순간, 떫은 표정을 짓고 있는 그녀의 모습이 머릿속을 스치고 지나갔다.

"대, 대체 뭘 어쩌면 좋지……."

『지금은 우는소리 할 때가 아니잖아. 빨리 다음 작전으로 넘어가자.』

코토리는 그렇게 말하면서 또 지시를 내렸다.

정말 기묘한 데이트 광경이었다.

이 일의 발단은 바로 어제 벌어졌다.

점심시간.

라이젠 고교의 교실에 있는 야토가미 토카는 목에 건 핸드폰을 매만지면서 말했다.

"후후. 봐라, 시도. 코토리가 준 거다! 떨어져 있을 때도 대화를 나눌 수 있는 기계라더구나!"

밤을 연상케 하는 칠흑빛 머리카락을 휘날리며 상상을 초월할 정도로 아름다운 얼굴에 환한 미소를 드리운 토카는 들고 있던 핸드폰을 시도를 향해 내밀었다.

"그, 그래? 잘 됐네."

시도는 쓴웃음을 지으면서 고개를 끄덕였다.

……토카가 들고 있는 것은 어르신들을 타깃으로 한 비교적 사용법이 간단한 기종이지만…… 뭐, 본인이 좋아하고 있는데 찬물을 끼얹을 필요는 없을 것이다.

그리고 시도는 여동생인 코토리에게서 저 핸드폰에 대한 이야기를 따로 들었다.

형태는 저렇지만, 1톤 정도의 충격에도 견딜 수 있을 정도의 강도를 지녔다고 한다.

또한 재해 등으로 기지국이 파괴되었을 때도 위성을 통해 통신이 가능하다고 한다.

……솔직히 말해, 평범한 여고생이 가지고 다닐 만한 물건이 아니었다.

하지만── 어쩔 수 없었다.

실은 토카는 인간이 아니라 『정령』이라고 불리는 존재다.

세계를 죽이는 재앙이라고 불리는, 인지를 초월한 힘을 지닌 괴물.

지금은 어떤 방법으로 그 힘을 봉인했지만── 정신 상태가 현저하게 불안정해지면, 봉인된 힘이 역류하고 만다. 그 때문에, 비밀 조직 〈라타토스크 기관〉의 사령관인 코토리는 항상 그 점을 신경 썼다.

그리고 만약의 사태가 벌어졌을 때에 대비해 통신 수단을
확보해둔 것이리라.

"좋다, 시도! 한번 시험을 해보자꾸나!"

하지만 당사자는 그런 호칭과는 전혀 어울리지 않는 미소
를 지으면서 뒤돌아섰다.

"지금부터 내가 먼 곳에 가서 전화를 하겠다. 시도, 꼭 받
아다오!"

"아…… 그래. 알았어."

시도는 쓴웃음을 지으면서 고개를 끄덕였다. 시도는 자신
도 처음 핸드폰이 생겼을 때, 토카처럼 다른 사람에게 전화
를 걸어보고 싶어 했었던 것을 떠올렸다.

"좋다. 그럼 갔다 오마!"

토카는 그렇게 말한 후, 교실 문을 열고 복도 밖으로 뛰쳐
나갔다.

"점심시간이 끝나기 전에 돌아와."

"————알았다————~!"

복도에서 토카의 목소리가 들려왔다.

바로—— 그 순간.

"——시도."

"우왓?!"

누군가가 느닷없이 자신의 이름을 부르자, 시도는 깜짝
놀라고 말았다.

뒤를 돌아보니 그의 뒤에는 클래스메이트인 토비이치 오리가미가 서 있었다.

……마치 토카가 없어지길 기다리기라도 한 것 같은 타이밍에 소리도 없이 시도의 등 뒤에 나타난 것이다.

"오, 오리가미?! 무, 무슨 일이야……?"

"내일 시간 있어?"

"응?"

느닷없이 그런 말을 들은 시도는 뚱딴지같은 소리를 냈다. ……그와 동시에 불길하기 그지없는 예감 또한 들었다.

"왜, 왜 그런 걸 묻는 거야……?"

"시도와 함께 마을 안을 돌아다니고 싶어."

"그, 그 말은 즉……."

"데이트."

"……."

예상했던 대답을 들은 시도는 식은땀을 줄줄 흘렸다.

"……오리가미. 다시 한 번 확인하겠는데, 너와 나는——."

"연인 사이."

"……그, 그렇죠~?"

부끄러운 기색을 전혀 보이지 않으며 담담한 목소리로 그렇게 말한 오리가미를 향해, 시도는 메마른 목소리로 말했다.

오리가미가 저런 말을 하는 것은 일전의 고백 때문이리라.

오리가미는 그런 시도를 전혀 개의치 않으면서 차분한 목소리로 말했다.

"어때?"

"미, 미안하지만 내일은——."

바로 그때, 시도는 말을 삼켰다.

엄청난 위압감이 느껴졌기 때문이다. 기가 약한 사람이라면 시선만으로도 기절시킬 수 있을 정도의 박력이 담긴 위압감이었다.

"아, 그게…… 그러니까 말이야. 내일 예정을 확인해볼 테니까 잠시 기다려줄래……?"

오리가미는 고개를 끄덕였다.

시도는 허둥지둥 복도로 나간 후, 핸드폰 착신 이력에서 『이츠카 코토리』를 선택했다.

토카의 전화를 기다려야 하지만…… 시도의 핸드폰은 통화 상대 변경이 가능하니 별문제는 없을 것이다.

신호가 몇 번 간 후, 느긋한 목소리가 핸드폰에서 흘러나왔다.

『여보세요~. 오빠~?』

"……코토리. 미안하지만 네 지혜를 빌려줘."

『좋아~. 무슨 일이야?』

"……오리가미가 나한테 데이트 신청을 했어."

『…….』

시도의 말을 들은 코토리는 입을 다물었다.

다음 순간, 핸드폰에서 부스럭거리는 소리가 들렸다. 마치── 머리카락을 다른 리본으로 고쳐 묶고 있는 듯한 소리였다.

『──정말, 또 무슨 사고를 친 거야?』

다음 순간 들려온 것은 방금 전까지의 통화 상대와 동일 인물이라는 사실이 믿기지 않을 만큼 고압적인 목소리였다.

──**사령관 모드** 코토리였다.

"……무, 무슨 소리를 하는 거야? 네가 나에게 시킨 『훈련』 때문에 이렇게 된 거잖아……!"

그렇다. 토카가 나타났을 때, 『여성에게 익숙해지기 위한 훈련』이라는 명목으로, 시도는 코토리의 지시에 따라 오리가미에게 사랑 고백을 했었다.

게다가 그 오해를 풀기도 전에 이런저런 사건이 발생한 탓에── 그 오해는 아직도 지속되고 있었다.

『귀찮네. 그냥 무시해버리면 안 돼?』

"마, 말도 안 되는 소리 하지 마……. 따지고 보면 잘못한 건 우리잖아. 오리가미의 마음을 계속 가지고 놀 수는 없다고."

『성실하네. ──그럼 그 고백이 거짓이었다고 말하면 되잖아?』

"……어떻게?"

『응~? 땅바닥을 향해 침을 뱉은 후, "내가 네까짓 여자랑

사귈 것 같아? 착각 좀 작작하라고.〃 하고 말하면 되지 않겠
어?』

"그딴 소리 했다간 내 몸에 또 바람구멍이 날 거라고!"

시도는 반사적으로 고함을 질렀다. 그런 소리를 했다간
진짜로 오리가미 손에 죽고 말 것이다.

『하아, 정말……. ——그럼 상대가 시도를 싫어하게 만드
는 건 어떨까?』

"뭐?"

『일단 상대의 데이트 신청을 받아들여. ——그리고 〈프락
시너스〉의 AI를 조작해서 최악의 데이트가 되는 선택지를
준비해줄 테니까, 그녀가 화나서 돌아가 버리게 하는 거야.
상대가 정나미가 떨어져서 시도를 떠나버린다면 아무 문제
없지?』

〈프락시너스〉란 코토리가 소속된 〈라타토스크〉 기관이
소유한 공중함이다.

보통, 정령이 나타나면 이 함의 인공 지능이 선택지를 제
시해줬고, 그 선택지에 따라 정령의 호감도를 올리곤 했다.

"그, 그렇구나……."

확실히 좋은 아이디어였다. 어쩌면 따귀 한 방 정도는 맞
게 될지도 모르지만, 저지른 잘못이 있으니 그 정도는 감수
해야 하리라.

"……알았어. 지원 부탁해도 될까?"

『응. 앞으로의 일을 생각하면 토비이치 오리가미가 시도를 계속 따라다니는 것은 좋지 않아. ——하지만 그렇게 본다면 문제가 되는 현안 사항이 있어.』

"현안 사항?"

『토카야. 내일은 노는 토요일이라서 학교 수업이 없잖아? 십중팔구 토카는 우리 집에 놀러 올 거야. 그때 시도가 없으면 기분 수치가 내려갈 거라구.』

"딱히 내가 없어도……."

시도가 그렇게 말하자, 코토리는 어이없다는 듯이 『하아.』하고 한숨을 내쉬었다.

"왜, 왜 한숨을 쉬는 거야?"

『별로. ——아무튼, 작전을 결행하기 위해서는 토카에게 다른 볼일을 만들어줘야 해.』

"다른 볼일, 이라……."

『응. 쇼핑 같은 거라도 상관없어. ……흔치 않은 물건 같은 거라도 사 오라고 해서 시간을 버는 거야. 아무튼 낮 시간에 시도와 같이 있지 않더라도 위화감을 느끼지 않는 상황을 만들어줘야 해.』

"으음……."

『——뭐, 일단 토비이치 오리가미에게 오케이라고 말해 둬.』

"……알았어."

시도는 전화를 끊은 후, 머뭇거리면서 교실 안으로 들어 갔다.

오리가미는 조금 전까지와 완벽하게 동일한 자세로 서 있 었다.

"어때?"

"으, 응…… 데이트할 수 있을 것 같아."

"……."

무표정한 얼굴의 오리가미는 아무 말 없이 주먹을 힘차게 말아 쥐었다.

"오, 오리가미 양……?"

"내일 오전 열 시, 니시텐구 공원에 있는 오브제 앞에서 기다리고 있을게."

오리가미는 그렇게 말한 후, 교실에서 나갔다.

……경쾌한 발걸음으로 말이다.

"……."

시도가 그 모습을 보면서 식은땀을 흘리고 있을 때, 교실 밖에서 엄청난 발소리가 들렸다.

그리고 교실 문이 활짝 열리더니, 토카가 교실 안으로 뛰 어 들어왔다.

"시도! 이, 이건 대체 어떻게 조작하는 것이냐?!"

아무래도 토카는 전화를 거는 법을 모르는 것 같았다. 그 녀는 난처한 표정을 지으면서 물었다.

바로 그때, 시도가 자신보다 더 난처한 표정을 짓고 있다는 사실을 눈치챈 토카는 고개를 갸웃거렸다.

"시도? 무슨 일 있었느냐?"

"으, 응?! 아, 아냐……."

시도는 가볍게 헛기침을 한 후, 의자에 앉았다.

"아…… 저기, 토카."

"음? 왜 그러느냐."

"저기, 미안한데…… 내일, 심부름 좀 부탁해도 될까?"

시도의 말을 들은 토카는 눈을 반짝였다.

"오오?! 물론 된다! 내가 뭘 하면 되겠느냐?!"

토카는 시도에게 도움이 된다는 사실이 너무 기뻐 죽겠다는 듯한 표정을 지으면서 그를 향해 얼굴을 내밀었다.

그 모습을 보고 양심에 가책을 느낀 시도는 고개를 돌리고 말았다.

◇

다음 날. 시도는 토카에게 심부름을 부탁한 후, 오른쪽 귀에 인터컴을 꽂고 오리가미와 만나기로 약속한 장소로 향했다.

참고로 시도는 현재 구겨진 티셔츠와 낡은 청바지, 그리고 화장실용 샌들을 신고 있었다. 데이트 의욕이라고는 눈곱만큼도 느껴지지 않는 복장이었다.

솔직히 말해 시도도 이런 차림으로 집 밖을 돌아다니는 게 부끄러웠지만…… 여자애들은 보통 불결하고 단정치 못한 남자를 싫어하니, 오리가미의 텐션을 떨어뜨리기에는 딱 좋은 복장일 것이다.

『시도. 좀 천천히 걸어.』

오른쪽 귀에 꽂은 인터컴에서 코토리의 목소리가 흘러나왔다.

현재 코토리는 텐구 시 상공에 떠 있는 공중함 〈프락시너스〉의 함교에 있을 것이다.

참고로 현재 시각은 10시 50분. 약속 시간으로부터 50분이나 지난 상태였다.

『적어도 한 시간은 늦도록 해. 그리고 무슨 말을 들어도 절대 사과하지 마.』

"하아……."

시도의 입에서 자연스럽게 한숨이 흘러나왔다. 하지만 이렇게 왕창 지각하면 아무리 오리가미라도 화가 날 것이다. 어쩌면 바람맞았다고 생각하고 먼저 돌아가 버렸을 가능성도 있었다.

시도는 가능한 한 느긋하게 걸으면서 열한 시 정도에 약속 장소에 도착했다.

그러자, 약속 장소에 차렷 자세로 미동도 하지 않고 서 있는 오리가미가 눈에 들어왔다.

"으……."

근처에 벤치가 있는데도 선 채로 시도를 기다리고 있는 오리가미가 눈에 들어오자, 시도는 마음이 아팠다.

하지만 티를 낼 수는 없었다. 시도는 오늘 오리가미에게 차이기 위해 최악의 인간인 척해야만 했다.

『자아, 마음의 준비는 됐어?』

"으, 응."

『좋아. ──그럼 작전을 시작할게. 우선 미션1, 퍼스트 콘택트야.』

코토리는 손가락을 튕겼다.

시도는 가볍게 볼을 두들긴 후, 느릿느릿한 걸음걸이로 오리가미에게 다가갔다.

바로 그때, 시도가 다가오는 것을 눈치챈 오리가미가 그를 향해 고개를 들었다.

그리고…….

"──다행이야."

시도를 바라보면서 그렇게 말했다.

"뭐……?"

"무슨 일 있는 줄 알았어."

"…………윽."

잘못한 사람은 누가 봐도 늦게 온 시도인데도, 오리가미는 불만을 표시하기는커녕 시도를 걱정해줬다.

『뭐 하는 거야, 시도. 그렇게 마음이 약해서는 작전 수행이 불가능하다구.』

"으, 응…… 알았어."

시도가 고개를 끄덕였을 때, 오리가미가 치맛자락을 살짝 들어 올렸다.

"어때?"

"응?"

"이 옷 말이야."

그 말을 들은 시도는 오리가미가 입고 있는 옷을 바라보았다.

오리가미는 질감이 좋아 보이는 블라우스와 플레어스커트를 입고, 목에는 자그마한 목걸이를 걸고 있었다. 의욕이라고는 눈곱만큼도 느껴지지 않는 시도의 복장과는 너무나도 대조적이었다.

"아, 잘 어울──."

『잠깐. 뭘 칭찬하고 있는 거야?』

"……윽!"

코토리의 말을 들은 시도는 입을 다물었다.

그리고 가볍게 헛기침을 한 후, 시도는 고개를 저었다.

"하…… 하나도, 안 어울려……!"

"……."

오리가미는 아무 말 없이 자신의 복장을 살폈다. 표정에는 변함이 없지만 왠지 쓸쓸해하는 것처럼 보였다.

잠시 후, 오리가미는 다시 시도의 얼굴을 바라보았다.

"그럼 어떤 복장이 어울릴 것 같아?"

"응⋯⋯? 그, 글쎄⋯⋯."

시도가 대답하려고 한 순간, 인터컴에서 코토리의 목소리가 흘러나왔다.

『──잠깐 기다려. 딱 좋은 찬스가 왔네. 큰 거 한 방 먹여주자구.』

코토리는 그렇게 말하면서 코웃음을 쳤다.

〈프락시너스〉 함교의 메인 모니터에는 현재 오리가미의 모습이 비치고 있었다.

옆쪽에는 각종 파라미터, 하단부에는 텍스트윈도가 표시되어 있었다. 미소녀 게임의 화면을 연상케 하는 모습이었다.

바로 그때── 세 개의 선택지가 표시되었다.

① 마이크로 비키니와 메이드 앞치마.

② 상의 세일러 교복, 하의 블루머.

③ 학교 수영복과 강아지 귀&꼬리.

"우와, 진짜 비호감 되기 좋은 선택지만 나왔네."

막대사탕을 입에 물고, 진홍색 군복을 어깨에 걸친 채 함장석에 앉아 있는 코토리는 모니터를 바라보면서 미간을 찌푸렸다.

"——전원, 선택! 남자에게 가장 듣고 싶지 않은 말을 골라!"

코토리가 그렇게 말한 직후, 그녀의 옆에 있는 소형 디스플레이에 집계 결과가 표시되었다.

비슷비슷하기는 했지만…… 그중 가장 많은 것은 ③이었다.

"으음, ③이 가장 많네."

코토리의 말을 들은 화면 안의 시도는 고개를 푹 숙였다.

코토리가 지시한 선택지는 시도의 취향이 비정상적이라고 생각하게 하고도 남을 만큼 무시무시한 것이었다.

……하지만 말하지 않으면 안 된다. 시도는 마른침을 삼킨 후, 떨리는 입술로 말했다.

"……하, 학교 수영복과 강아지 귀, 그리고 강아지 꼬리야."

그 말을 한 후, 눈을 감은 시도는 이를 악물면서 온몸에 힘을 넣었다.

……언제 따귀나 펀치가 날아와도 괜찮도록, 말이다.

하지만 시도의 예상과는 달리 아무리 기다려도 고통이 느껴지지 않았다.

천천히 눈을 떠보니…… 오리가미의 모습이 보이지 않았다.

아무래도 화가 나서 돌아가 버린 것 같았다.

『——어머, 의외로 간단하네. 축하해, 시도. 미션 클리어야.』

"으…… 응. 고마워."

시도는 복잡한 기분을 맛보면서 볼을 긁적였다.

뭐—— 잘된 것이리라. 오리가미라면 나 따위보다 훨씬 좋은 남자를——.

바로 그때. 시도는 생각하는 것을 멈췄다.

멀리 떨어진 곳에서 이쪽을 향해 뛰어오는 오리가미가 보였기 때문이다.

——대체 어디서 조달한 것인지는 모르겠지만, 그녀는 학교 수영복과 강아지 귀, 강아지 꼬리를 장비하고 있었다.

『아니……?!』

시도와 코토리의 목소리가 하모니를 이뤘다.

하지만 오리가미는 시도 앞에 서더니, 평소와 다름없는 목소리로 말했다.

"어때?"

그리고 그 자리에서 몸을 빙글 회전시켰다.

그녀의 새하얗고 호리호리한 몸을 남색 수영복이 감싸고 있었고, 그녀가 몸을 움직일 때마다 귀여운 귀와 꼬리가 흔들렸다. ……뭐랄까, 배덕적인 사랑스러움이 느껴졌다.

하지만 그것보다 먼저 신경 쓰이는 점이 있었다.

"대체 어디서 그런 걸……."

"근처에 이런 걸 취급하는 가게가 있어."

오리가미는 그렇게 말하면서 마을 한쪽을 손가락으로 가리켰다. ……가능하면 영원히 알고 싶지 않은 정보를 알고 말았다.

"슬슬 이동하자."

오리가미는 상점가 쪽을 손가락으로 가리켰다.

"으, 으음……."

이런 옷차림으로 돌아다녀도 될지 시도가 고민하고 있을 때, 코토리의 목소리가 인터컴에서 흘러나왔다.

"……저런 소리를 했는데도 왜 호감도가 떨어지지 않는 거야? 슈퍼 이지 모드라도 되는 거야?"

〈프락시너스〉의 함장석에 앉아 있는 코토리는 막대사탕의 막대 부분을 흔들면서 짜증 섞인 목소리로 말했다.

"사, 사령관님, 어떻게 하죠……?"

"이렇게 된 이상, 토비이치 오리가미가 시도를 경멸하게 될 만한 선택지를 내놔!"

코토리가 그렇게 말한 순간, 또 선택지가 표시되었다.

① 「아앙? 감히 암캐 따위가 인간님과 같은 눈높이로 걸으려는 거야? 네 발로 기라고.」

② 「다리~ 아파~! 업어줘~! 빨리~!」

③ 「죄송하지만 좀 떨어져서 걸어주지 않겠습니까? 당신과 나란히 서서 걸으려니 구역질이 날 것만 같거든요.」

"……후후, 괜찮네. 전부 사람 제대로 짜증 나게 하는 대사잖아. 전원, 선택!"

다음 순간, 코토리의 디스플레이에 결과가 표시되었다.

"가장 많은 건 ①——이네."

"확실히, 전부 말한 사람의 인간성을 의심하게 만드는 말들이에요. ……하지만 그중에서도 ①은 특히 심해요."

함교 하단부에 있는 승무원 중 한 명이 한 말을 들은 코토리는 "그래."라고 말하면서 고개를 끄덕였다.

"내가 이런 말을 하는 것도 좀 그렇지만, 시도가 나한테 저런 말을 하면 죽여버릴 거야."

"……."

그 말을 들은 승무원들이 입을 다문 가운데, 코토리는 마이크를 향해 말했다.

"뭐……."

코토리의 말을 들은 시도의 낯빛이 새파랗게 질렸다. ……조금 전에 했던 말보다 훨씬 난이도가 높았기 때문이다.

『뭘 주저하는 거야. 미움받으려면 이 정도는 해야 한다구.

안 그러면 뭐야? 그녀와의 연인 관계만 깔끔하게 해제할 수 있을 줄 알았어?』

시도는 "큭……." 하고 낮게 신음했다. 확실히 코토리의 말이 옳았다. 오리가미에게 미움받는 것이 목적인 이상, 자신의 체면 같은 것을 생각할 때가 아니었다.

"……가, 감히 암캐 따위가 인간님과 같은 눈높이로 거, 걸으려는 거야? 네 발로 기라고……!"

시도의 말을 들은 오리가미의 눈썹이 희미하게 흔들렸다.

역시 이 말을 듣고는 화가 난 것 같았다. 시도는 주먹을 말아 쥐었다. ──하지만.

"……."

오리가미는 아무 말 없이 무릎을 꿇더니, 그 자리에서 네 발로 기었다.

"어…… 어어엇?!"

『마, 말도 안 돼……?!』

이츠카 남매의 경악에 찬 목소리가 또 하모니를 이뤘다.

하지만 오리가미는 무표정한 얼굴로 고개를 갸웃거린 후, 시도의 얼굴을 올려다보았다.

그리고 시도의 허리에 손을 대더니, 그의 벨트를 풀기 시작했다.

"뭐…… 뭐하는 거야, 오리가미! 아, 안 돼! 그만해애애애애앳!"

시도가 새된 비명을 질렀지만…… 오리가미는 개의치 않으면서 그가 허리에 한 가죽 벨트를 청바지에서 뺐다.

그리고 그 벨트를 자신의 목에 채운 후, 벨트의 끝자락을 시도에게 쥐어 줬다.

그리고.

"멍."

하고 짖었다.

근처를 지나가던 통행인들의 따가운 시선이 시도와 오리가미에게 쏟아졌다.

"……저 사람들, 대낮부터 뭐하는 거야?", "우와, 저런 커플이 진짜로 있구나.", "방송 촬영이라도 하는 거 아닐까?", "엄마~. 저기 저 누나, 멍멍이야~? 왜 『멍』 하고 짖는 거야?", "보, 보면 안 돼!"

"……."

그 말들을 들으며 식은땀을 줄줄 흘리고 있던 시도는…… "잘못했습니다요. 방금 그건 농담이었습니다요."라고 말하면서 필사적으로 머리를 조아렸다.

◇

상점가 한가운데.

"으음, 다음은 뭐지……?"

토카는 손에 든 메모를 보면서 중얼거렸다.

그녀가 든 장바구니에는 시도에게 부탁받은 식료품 중 몇 개가 들어 있었다.

처음 심부름 나온 것치고는 꽤 순조로워 보였다.

"……사타안다기#1? 이게 뭐지?"

들어본 적 없는 단어를 본 토카는 눈썹을 찌푸렸다. 뭔지는 모르겠지만 꽤 강해 보이는 이름이었다.

그 후, 토카가 상점가 안을 돌아다니면서 사타안다기라는 것을 찾고 있을 때, 뒤쪽에서 누군가의 목소리가 들렸다.

"아, 거기 너. 그래, 거기 있는 귀여운 여자애. 너 말이야. 잠시 괜찮을까?"

"음?"

뒤를 돌아보니, 화려한 양복을 입고, 옷보다 더 화려한 헤어스타일을 한 남자가 서 있었다.

◇

"……정말 무시무시한 적이네."

코토리는 막대사탕의 막대 부분을 흔들면서 오만상을 찡그렸다.

#1 **사타안다기** 오키나와 지방에서 판매하는 명물 도넛

데이트를 시작한 후로 약 세 시간이 흘렀다.

악담도 해봤고, 변태 취향을 가진 척도 해봤지만, 토비이치 오리가미의 호감도는 전혀 내려가지 않았다. ……아니, 때때로 상승하기까지 했다.

메인 모니터에는 카페 카운터에서 음료를 주문하는 두 사람의 모습이 표시되어 있었다. 피폐해질 대로 피폐해진 시도와는 달리, 오리가미의 표정에는 전혀 변화가 없었다(참고로 원래 옷으로 갈아입었음).

"큭…… 방향성을 조금 바꿔볼까?"

코토리가 그렇게 말한 순간, 또 화면에 선택지가 표시되었다.

① 느닷없이 가슴을 주무른다.

② 얼굴에 침을 뱉는다.

③ 치마를 걷어 올린다.

"말로 안 된다면 행동으로 가보자구. 전원, 선택!"

잠시 후, 코토리의 옆에 있는 디스플레이에 집계 결과가 표시되었다.

가장 많은 표를 얻은 것은—— ③이었다.

"……뭐, 사람들 앞에서 그런 비상식적인 짓을 당하면 호감도가 조금은 내려가겠지……?"

코토리는 마이크를 잡았다.

"······지, 진짜로 그런 짓을 하라고?"

코토리에게 지시를 받은 시도는 마른침을 삼켰다.

『빨리 시키는 대로 해. 이 정도로 심한 짓이 아니면 그녀의 호감도는 꿈쩍도 하지 않을 거란 말이야.』

"아, 아니······ 아무리 그래도······."

바로 그때, 뒤쪽에 있던 손님과 부딪히고 균형을 잃은 시도는 앞쪽으로 쓰러졌다.

"우왓······?!"

시도는 어떻게든 균형을 잡아보려고 했지만—— 헛된 짓이었다. 지면에 얼굴을 찧은 시도는 손으로 코를 문질렀다.

"아야야야······."

『좋아! 잘했어, 시도.』

"응? 그게 무슨······."

바로 그때, 시도는 눈치챘다. 자신이 눈에 익은 천을 쥐고 있다는 사실을 말이다.

"······."

시도는 불길한 예감을 느끼면서 천천히 고개를 들었다.

그러자, 오리가미의 새하얀 다리와 귀여운 무늬가 들어간 속옷, 그리고 오른 허벅지에 찬 레그 홀스터가 눈에 들어왔다.

아무래도 오리가미의 치마를 움켜쥔 채 그대로 넘어지고만 것 같았다. 의도치 않게 그녀의 치마를 벗겨버린 시도의 얼굴을 타고 식은땀이 흘러내렸다.

"저, 저기, 오리가미. 이건……."

하지만 오리가미는 태연하기 그지없는 표정으로 시도를 바라보면서 말했다.

"여기서 할래?"

"……윽?! 뭐, 뭘……?!"

시도는 허둥지둥 오리가미의 치마를 다시 입혀주었다.

그러자 오리가미는 약간 유감스러운 표정을 지은 후, 다시 카운터를 향해 돌아섰다.

『……이, 이랬는데도 동요하지 않는 거야?』

인터컴에서 코토리의 경악에 찬 목소리가 흘러나왔다.

"대, 대체 뭘 어떻게 해야 하지……?"

무슨 짓을 해도 오리가미의 호감도를 낮추는 것은 불가능하지 않을까 라고 생각하며 시도가 한 손으로 이마를 짚은 순간.

인터컴에서 삐잇! 삐잇! 하는 경고음이 흘러나왔다.

『──윽, 귀찮게 됐네…….』

"뭐, 뭐야? 무슨 일 있는 거야?"

시도가 부들부들 떨면서 인터컴 너머에 있는 코토리에게 물었다.

『시도 쪽이 아니라…… 토카 쪽에서 문제가 발생했어. 혼자서 심부름 중인 토카 쪽도 모니터링하고 있는데, 아무래도 이상한 남자가 그녀에게 말을 건 것 같아. 호객꾼이나 헌팅남 같은데…… 골치 아프네.』

"뭐……."

시도는 눈썹을 찌푸렸다.

토카는 세상 물정을 모른다. 상대의 교묘한 말에 속아 위험한 상황에 처할 가능성이 있었다.

……뭐, 토카가 마음만 먹으면 남자 한 명 정도는 간단히 박살 낼 수 있겠지만, 그건 그것대로 골치 아팠다.

"어, 어떻게 해야……!"

『알고 있어. 기관원을 파견해도 되지만…… 토카에게 〈라타토스크〉가 관여하고 있다는 걸 들키고 싶지 않은데…….』

코토리는 잠시 동안 생각에 잠긴 후, 시도에게 말했다.

『──시도. 네 인터컴은 토카의 핸드폰과 이어져 있어. 그걸로 토카에게 위험한 짓을 하지 말라고 말해주지 않겠어?』

"내, 내가……?"

『시도가 말하는 게 가장 효과적일 거야. 부탁해.』

"자, 잠깐──."

시도가 말을 끝까지 잇기도 전에 코토리는 통신을 끊었다. 그리고 그 뒤를 이어 전화 신호음이 들렸다.

몇 초 후, 토카의 목소리가 인터컴에서 흘러나왔다.

『여── 여보세요, 맞지? 누구냐?』

"나, 나야. 시도."

『시도냐! 오오…… 진짜로 대화가 가능하구나……!』

토카는 환한 목소리로 말했다.

"토카. 너 지금 뭐 하고 있어?"

『으음…… 처음 보는 남자가 나한테 말을 걸어 왔다. 돈 많이 주는 아르바이트를 소개해주겠다고 하는데…….』

"……."

그 말을 들은 시도는 표정을 딱딱하게 굳혔다.

『간단한 서비스를 해주고 많은 돈을 받을 수 있다는구나. 명함인가 뭔가 하는 예쁜 종이도 받았다. 이 아르바이트, 해도 되겠느냐?』

"저, 절대 안 돼! 거절해! 그것도 돌려줘!"

나는 무심코 고함을 질렀다.

『음…… 그러하냐. 좋다, 시도 말에 따르마. ──어이, 너. 방금 이야기는 없었던 걸로 하겠다.』

"하아……."

큰일 날 뻔했다. 시도는 이마에 맺힌 식은땀을 손으로 닦았다.

바로 그때, 시도는 오리가미가 컵 두 개가 놓인 쟁반을 든 채 자신의 눈앞에 서 있다는 사실을 눈치챘다.

"아──."

"……."

오리가미는 아무 말 없이 고개를 끄덕인 후, 줄 서서 기다리고 있는 사람들을 밀어내며 카운터로 다가갔다.

"소, 손님……?"

"반품해줘."

"아, 그게── 음식물의 반품은……."

오리가미의 말을 들은 점원은 난처한 표정을 지었다.

아무래도 시도가 방금 돌려주라고 한 말을, 자신에게 한 말로 착각한 것 같았다. 시도는 허둥지둥 그녀에게 말했다.

"그, 그건 돌려주지 않아도 돼!"

"……? 괜찮아?"

오리가미가 뒤돌아보면서 말했다. 시도는 고개를 끄덕이면서 "그래." 하고 말했다.

하지만 그 순간.

『으음, 돌려주지 않아도 되는 것이냐? ──어이, 해도 되는 것 같다. 그 명함이라는 걸 다시 다오.』

그 말을 들은 시도는 반사적으로 고함을 질렀다.

"아, 안 돼! 무슨 일이 있어도 무조건 거부해!"

『음…… 알았다.』

토카는 순순히 대답했다.

"알았어."

──하지만 그 말을 들은 오리가미도 고개를 끄덕이더니, 들고 있던 쟁반을 카운터를 향해 내던졌다. 그리고 치마 안에서 9mm 권총(장난감 총이라고 믿고 싶다)을 뽑아 점원을

겨눴다.

"순순히 반품을 받아줘."

"예……? 아…… 예…… 에?"

점원은 망연자실한 표정을 지었고, 다른 손님들은 경악했다. 그리고 시도는 거품을 문 채 그녀를 말리려 했다.

"그, 그만해! 그런 짓 안 해도 된다고!"

『음, 그런 것이냐?』

또 인터컴에서 토카의 목소리가 흘러나왔다.

시도는 머리를 감싸 쥐면서 고함을 질렀다.

"제발 부탁이니까 너희 둘 다 아무 짓도 하지 마아앗!"

◇

현재 시각은 오후 3시 30분.

심부름을 얼추 끝낸 토카는 공원 벤치에 앉아서 잠시 쉬고 있었다.

휴일인 만큼 상점가는 시끌벅적했지만, 상점가에서 한 블록 떨어져 있는 이 공원은 기분 좋은 정적으로 가득 차 있었다. 휴식을 취하기 너무나도 좋은 장소였다.

시도가 준 용돈으로 산 음료수를 마신 토카는 푸하~ 하고 기분 좋은 한숨을 토했다.

그리고 자신이 산 물건이 가득 들어 있는 장바구니를 바라보면서 만면에 미소를 지었다.

"음……. 이 정도면 시도에게 칭찬을 받을 수 있겠지!"

심부름을 멋지게 해냈을 뿐만 아니라, 시도가 시키는 대로 조금 전의 남자가 한 제안도 거절했다. 집에 돌아가면 시도가 머리를 쓰다듬어줄지도 모른다.

"아……."

바로 그때, 토카는 메모지를 꺼냈다.

그 메모지에 적힌 것들 중 딱 하나, 사지 못한 것이 있었다.

그것은 바로 정체불명의 『사타안다기』라는 것이었다.

"으음…… 이건 대체 어디서 구할 수 있는 거지……."

토카는 팔짱을 낀 채 생각에 잠겼고── 몇 초 후, 그녀의 머리 위에 있는 전구에 불이 들어왔다.

"맞다! 이럴 때야말로……."

토카는 그렇게 말하면서 핸드폰을 꺼냈다.

그렇다. 모른다면 시도에게 직접 물어보면 된다.

"으음, 조금 전에 시도에게서 전화가 왔었으니까…… 착신 이력, 이라는 거에 들어가면 되겠지?"

토카는 벤치 위에 핸드폰을 둔 후, 양손의 엄지로 버튼을 눌렀다.

◇

"하아……."

오후 3시 30분. 시도는 카페 의자에 기대앉아 있었다.

물론, 조금 전에 있던 카페와는 다른 가게였다.

조금 전, 오리가미를 데리고 도망치듯 가게에서 나온 시도는 한동안 마을 안을 돌아다닌 후—— 이 카페에 도착했다.

『……이렇게 된 이상, 최후의 수단을 쓸 수밖에 없겠네.』

코토리는 한숨 섞인 목소리로 말했다.

"……최후의 수단?"

『응. 그녀와 조금 거리를 둬줄래?』

"뭐? 아, 알았어……."

시도는 오리가미에게 "화장실 좀 갔다 올게."라고 말한 후, 자리에서 일어나 화장실 쪽을 향해 걸음을 옮겼다.

"……자, 거리 뒀어. 대체 그 최후의 수단이라는 게 뭐야?"

이 정도 거리면 목소리를 낮추지 않아도 될 것이라고 생각하면서, 시도는 코토리에게 물었다.

『시도도 알고 있겠지만…… 토비이치 오리가미의 호감도를 낮추는 것은 불가능에 가까워. 그녀는 거의 괴물이라구. 뇌가 어떻게 생겼는지 한번 열어보고 싶을 정도야.』

"……그, 그래?"

『——그러니 전제 조건을 바꾸자. 이렇게 된 거, 그녀의 오해를 그냥 받아들이는 거야.』

"그, 그 말은……."

『시도가 진짜로 토비이치 오리가미의 애인이 되는 거야.』

"뭐— 뭐어?!"

시도는 무심코 고함을 질렀다.

『내 말을 끝까지 들어. ——즉, 사귀는 사이라는 전제를 받아들인 후, 헤어지자고 말하는 거야. "우리, 헤어지자. 나는 이제 너를 사랑하지 않아." 같은 식으로 말하는 거지.』

"……으, 으음……."

시도는 식은땀을 흘리며 신음을 내뱉었다.

긴장 때문에 말라버린 목을 침으로 적셨다.

——하지만 이것은 피해서 지나갈 수 없는 길이다.

코토리의 지시였다고는 해도, 시도가 오리가미를 속인 것은 사실이다.

그런 짓을 해놓고, 『오리가미가 자신을 싫어하게 만든다』는 것은 너무 뻔뻔한 짓이었다.

시도는 오리가미를 좋아한다. ——어디까지나 친구로서, 존경할 만한 인물이라고 생각한다.

하지만— 아니, 그렇기 때문에.

어중간한 마음으로 이런 관계를 지속시키는 것은 오리가미에게 실례되는 짓이라는 생각이 들었다.

"……알았어. 나도 그러는 게 옳다고 생각해."

시도는 마음을 진정시키기 위해 크게 심호흡을 한 후, 볼을 손바닥으로 두드렸다.

……하지만 심장은 여전히 뛰었고, 손가락 끝은 경련이라도 일어난 것처럼 떨렸으며, 얼굴에는 땀방울이 송골송골 맺혀 있었다.

『진정해. ……뭐, 이 상황에서 진정하는 건 무리겠지? 그래도 중요한 순간에 혀가 꼬이지 않도록 조심해.』

"아…… 응. 아랐써."

『벌써 혀가 꼬였잖아.』

"아……."

시도는 머리를 쥐어뜯은 후, 헛기침을 몇 번 했다.

『정말…… 거리를 두기 잘했네. 말실수하지 않도록 연습 좀 해본 후에 자리로 돌아가.』

"으, 응……."

시도는 벽을 바라보면서 말했다.

"──헤어지자. 나…… 이제 너를 좋아하지 않아. 헤어지자. 나…… 이제 너를 좋아하지 않아. 헤어지자. 나…… 이제 너를 좋아하지 않아."

『뭐──, 저…… 정말이냐……?』

"──그래. 이제 끝내자."

『그, 그럴 수는 없다!』

"이해해줘. 내 마음속에는…… 너를 향한 그 어떤 감정도 남아 있지 않아."

『내, 내가 싫어진 것이냐……?』

"그래. 너를 싫어해."

그때──.

"……어?"

위화감을 느낀 시도는 고개를 갸웃거렸다.

뭐랄까, 분명 혼잣말로 연습을 하고 있었는데 누군가의 목소리가 들린 것 같은 느낌이 들었다.

『시……도…….』

바로 그때. 시도는 인터컴에서 흘러나온 목소리가 코토리의 것이 아니라는 사실을 눈치챘다.

귀에 익은 목소리였다. 이 목소리의 주인은── 토카가 분명했다.

『으…… 으, 으으으으으으으으으으으으으으으으으으으으 으으으으으……!』

"어── 어어어어어어, 토, 토카……?!"

바로 그때, 코토리의 목소리가 들렸다.

『──바보, 왜 회선을 끊지 않은 거야?!』

『죄…… 죄송합니다……!』

그 뒤를 이어 〈프락시너스〉의 승무원으로 보이는 남자의 목소리가 들렸다.

하지만 시도가 입을 열기도 전에, 멀리 떨어진 곳에서 엄청난 폭발음이 들려왔다. 그 폭발음 때문에 건물 전체가 흔들렸고, 벽이 삐걱거렸으며, 천장에서 건물 파편이 떨어졌다.

"아…… 이, 이건——."

한순간 지진이 일어났다고 생각했지만…… 그렇지 않았다. 마치 근처에서 폭탄이라도 터진 것만 같았다.

『토카야! 정신 상태가 급하락! 정령의 힘이 엄청난 속도로 역류하고 있어!』

"뭐—— 뭐라고?!"

『큭…… 우리 쪽 미스야. 토카와의 회선을 끊는 걸 깜빡한 바람에 토카가 시도에게 전화를 건 순간 또 통화 상태가 되었어!』

코토리가 고함을 지르듯 그렇게 말한 순간, 또 가게 밖에서 들려온 엄청난 폭발음이 시도의 고막을 때렸다.

이곳저곳에서 비명이 들렸고, 도망치는 사람들의 땅울림에 가까운 발소리가 들렸다.

"어—— 어떻게 하지?!"

『일단 토카의 기분을 풀어줘야 해! 방금 한 말은 농담이라고 말해!』

"으, 응……!"

시도는 인터컴에 손을 대더니, 토카를 향해 외쳤다.

"토카! 내 말 들려?! 토카!"

하지만 대답이 없었다. 그리고 또 폭발음이 들리면서 건물이 흔들렸다.

『큭—— 어쩔 수 없네. 시도, 토카를 직접 만나러 가!』

"하지만, 오리가미가……."

『지금은 오리가미를 신경 쓸 때가 아니잖아! 서둘러! 토카는 상점가 밖에 있는 자연공원에 있어!』

"아, 알았어……!"

시도는 주먹을 말아 쥐면서 카페 밖으로 뛰쳐나갔다.

마을 전체는 패닉 상태에 빠져 있었다.

곳곳에서 비명이 들려왔고, 통행인들이 한 방향을 향해 도망치고 있었다.

그 이유는 금세 눈치챘다. 공원이 있는 쪽에서 피어오르는 연기를 보고 반대쪽으로 도망치고 있는 것이다.

"저, 저기구나……!"

예상보다 더 일이 커졌다. 시도는 인파를 헤치면서 뒷골목으로 간 후, 전속력으로 목적지를 향했다.

다행히 시도가 있던 카페와 토카가 있는 공원은 그렇게 떨어져 있지 않았다.

……뭐, 오리가미와의 데이트 중에 토카와 마주쳤을 가능성도 있으니 그렇게 다행한 일은 아닐지도 모른다.

"……윽!"

바로 그때—— 시도가 호주머니 안에 넣어둔 핸드폰이 진동하기 시작했다.

어쩌면 토카한테서 전화가 온 것일지도 모른다고 생각한

시도는 전력 질주를 하면서 전화를 받았다.

하지만 핸드폰에서 흘러나온 것은 오리가미의 무기질적인 목소리였다.

『——시도. 어디 있어?』

"오, 오리가미. 미안하지만 조금만 기다려——."

바로 그때, 또 폭발음이 들리더니 시도를 향해 건물 파편이 떨어졌다.

"우왓……?!"

시도는 그것을 겨우겨우 피한 후, 계속 내달렸다.

오리가미에게는 미안하지만 지금은 그녀와 대화를 나눌 여유가 없었다. 시도는 핸드폰을 다시 호주머니에 넣은 후, 속도를 올렸다.

그리고——.

"아……."

공원 부지에 들어온 시도는 눈을 치켜떴다.

광대한 자연공원에 운석이라도 떨어진 것 같은 커다란 구멍이 생겨 있었다.

마치—— 정령이 이 세계에 나타날 때 발생하는 재해 · 『공간진』이 일어나기라도 한 것 같았다.

그리고 그 한가운데에는 한 소녀가 있었다. 그녀는 웅크리고 앉은 채, 희미하게 떨고 있었다.

"토카……!"

그녀의 이름을 외친 시도는 발을 헛디디면서도 필사적으로 그녀를 향해 뛰어갔다.

그제야 토카도 시도의 존재를 눈치챈 것 같았다. 그녀는 어깨를 부르르 떤 후, 겁먹은 듯한 표정으로 시도를 바라보았다.

"시, 시도……."

토카는 눈물로 엉망이 된 일굴을 들면서 시도의 이름을 불렀다.

"……으."

그 모습을 보고 숨을 삼킨 시도는 목소리를 쥐어짜내 말했다.

"바, 방금 그건—— 농담이야!"

"뭐……?"

시도의 말을 들은 토카는 눈을 치켜뜨면서 영문을 모르겠다는 표정을 지었다.

잠시 동안 망연자실한 표정을 짓고 있던 토카는 옷소매로 눈물을 닦은 후, 시도의 얼굴을 올려다보았다.

"저…… 저, 정말…… 이냐?"

그리고 시도의 표정을 살피면서 떨리는 목소리로 물었다.

"그, 그래."

"나를…… 싫어하지 않는 것이냐?"

"다, 당연하지! 내가 왜 토카를 싫어하겠어!"

"저, 정말이냐?! 그, 그럼…… 너와 헤어지지 않아도 되는 것이냐?!"

"으…… 응, 물론이지."

"계속 함께 있어도 되는 것이냐?!"

"그…… 그래! 계속 함께 있어도 돼!"

왠지 입에서 나오는 대로 지껄이고 있는 것 같은 느낌이 들었지만, 일단 지금은 토카의 기분을 풀어주는 것이 우선이었다. 시도는 고개를 끄덕이면서 고함을 질렀다.

그 말을 들은 토카는 잠시 동안 훌쩍거린 후, 몸을 일으켰다.

"그…… 그래. 으, 음, 역시 그랬구나!"

안심한 듯한 표정을 지으면서 그렇게 말한 토카는 옆에 떨어져 있는 장바구니(어째선지 상처 하나 나지 않았음)를 들어 올린 후, 시도를 향해 내밀었다.

"봐, 봐라……! 심부름 임무를 완수했다!"

"그, 그래?! 대단한걸!"

"에헤헤……."

시도의 말을 들은 토카는 가슴을 펴면서 미소 지었다.

바로 그때, 오른쪽 귀에서 코토리의 목소리가 흘러나왔다.

『하아……. 잘 했어――라고 말해주고 싶지만, 그보다 그 자리를 피하는 게 우선일 것 같네.』

"뭐……?"

코토리의 말을 들은 시도는 미간을 찌푸렸다. ……하지만 잠시 후, 시도는 코토리의 말이 무슨 뜻인지 이해했다.

주변에서 소방차와 경찰차의 사이렌 소리가 들렸기 때문이다. 이대로 이 자리에 있다간 귀찮은 일에 휘말릴지도 모른다.

"토, 토카! 저쪽으로 가지 않을래……?!"

"뭐……? 으음, 알았다."

시도의 말을 들은 토카는 순순히 고개를 끄덕였다.

◇

"하아……."

일단 위기는 피한 것 같았다.

시도는 토카를 데리고 공원에서 나온 후, 안도의 한숨을 내쉬었다.

"왜 그렇게 서두르는 것이냐?"

"아…… 별것 아냐."

하하…… 하고 웃으면서 시도는 토카에게 말했다.

하지만── 그로부터 몇 초 후, 시도는 또 얼어붙고 말았다.

이유는 단순 명쾌했다. 어느새 그의 눈앞에 토비이치 오리가미가 서 있었기 때문이다.

"……."

"윽! 오…… 오리가미?"

"으음."

시도가 부르르 떨면서 한 말을 들은 토카는 언짢은 표정을 지으면서 팔짱을 꼈다. 뭐, 그러는 것도 무리는 아니었다. 토카와 오리가미는 견원지간이니까 말이다.

하지만 오리가미는 어찌 된 영문인지 토카를 보면서도 혐오감을 드러내지 않았다.

아니, 정확하게 말하자면 평소와 달리 뜨거운 시선으로 (뭐, 표정에는 변화가 없지만) 시도를 바라보고 있었다.

"오리가미……? 왜 그래?"

말은 그렇게 하면서도—— 시도의 마음속은 불길한 예감으로 가득 채워져 가고 있었다.

그리고 그 예감은 적중했다. 오리가미는 아무 말 없이 한 걸음 앞으로 내딛더니, 시도의 몸을 꼭 끌어안은 것이다.

"아니…… 이, 이 녀석! 무슨 짓이야?!"

토카는 오리가미를 시도에게서 떼어내려고 했다.

하지만 오리가미는 시도를 꼭 끌어안은 채 꼼짝도 하지 않았다.

그리고 그녀는 낮은 목소리로 말했다.

"——계속, 함께 있어도 된댔지?"

"뭐…… 뭐어?!"

어디선가 들어본 적이 있는 대사를 들은 시도는 미간을 찌푸렸다.

"빠, 빨리 시도에게서 떨어져라! 그리고 그 말은 **나에게** 한 말이다! 시도와 함께 있을 사람은 바로 나란 말이다!"

"──말도 안 되는 소리야. 그 말은 시도가 나에게 한 말이야."

토카와 오리가미는 시도를 사이에 둔 채 말다툼을 벌이기 시작했다.

바로 그때── 시도는 깜짝 놀란 표정을 지으면서 호주머니 안에 넣어둔 핸드폰을 꺼냈다.

화면을 보니…… 아직 오리가미와 통화 상태였다. 당황한 나머지 통화를 끊는 것을 깜빡한 것 같았다.

즉, 시도가 토카에게 한 말이…… 그것도 큰 목소리로 했던 말이 오리가미에게 다 전해진 것이다…….

시도가 망연자실한 표정을 짓고 있을 때, 오른쪽 귀에 꽂은 인터컴에서 팡파르 소리가 흘러나왔다.

"뭐…… 뭐야?"

『……축하해, 시도. 상한가 상태인 줄 알았던 토비이치 오리가미의 호감도가 더 상승했어. ……이렇게 높은 수치는 처음 봐.』

"……."

체념 섞인 코토리의 목소리를 들은 시도는 메마른 미소를 지었다.

참고로 이틀 후, 『이츠카 시도가 여자애에게 목줄을 채운 후, 네 발로 걷게 했다.』, 『공공장소에서 치마를 벗겼다.』 같은 소문이 학교 안에 쫙 퍼졌다…….

요시노 파이어워크스

FireworksYOSHINO

DATE A LIVE ENCORE

초여름의 어느 날.

이츠카 시도는 평소와 마찬가지로 부엌에서 저녁 식사 준비를 하고 있었다.

"시도, 오늘 저녁은 무엇이냐?"

거실 쪽에서 한 소녀의 목소리가 들렸다.

고개를 돌려보니, 아름다운 칠흑빛 머리카락과 수정 같은 눈동자를 지닌 소녀—— 토카가 밸런스볼에 배를 대고 엎드린 채 부엌 쪽을 바라보고 있었다. 그녀는 이 집 옆에 있는 맨션에서 살고 있지만, 자주 시도네 집에 저녁을 먹으러 왔다.

"오늘은 더우니까 시원한 소면으로 할까 해."

"오오!"

시도의 말을 들은 토카는 눈을 반짝였다. 밸런스볼에 체중을 맡긴 그녀는 반동을 이용해 몸을 일으켰다.

"피, 핑크색 면도 삶을 것이냐?"

"그래. 핑크색 면만 아니라 녹색 면도 준비했어."

"오, 오오……."

토카는 신의 계시를 받은 성직자 같은 표정을 지으며 양손을 부들부들 떨어댔다.

정말 쉽게 감동하는 녀석이다. 그렇게 생각하면서 쓴웃음을 지은 시도는 말을 이었다.

"자, 다 되어가니까 테이블 좀 정리해줘."

"으, 음! 알았다!"

토카는 힘차게 대답한 후, 테이블 위에 있는 신문과 잡지를 정리하기 시작했다.

그러다 무언가를 발견한 듯한 토카는 "음?" 하고 의문 섞인 목소리를 내면서 고개를 갸우뚱거렸다.

"응? 왜 그래?"

"으음. 시도. 이게 무엇이냐?"

토카는 그렇게 말하면서 한 전단지를 펼쳐 보였다. 그 전단지에는 하늘을 수놓은 커다란 불꽃 사진과 근처에서 열리는 불꽃놀이 축제에 대한 설명이 적혀 있었다.

"아, 불꽃놀이를 하는구나. 벌써 그럴 때가 되었네."

"불꽃놀이?"

토카는 눈을 동그랗게 뜨면서 고개를 갸웃거렸다.

그리고 그런 토카의 동작에 맞추기라도 한 것처럼, 거실 쪽 문이 열리면서 자그마한 소녀가 집 안으로 들어왔다.

벨을 누르지 않고 집에 들어올 만한 사람이라면, 토카와 해외 출장 중인 부모님 외에는 여동생인 코토리밖에 없다.

시도는 리드미컬하게 파를 썰면서 거실 쪽 문을 향해 말했다.

"아, 돌아왔구나. 저녁 준비 다 되어가니까 빨리 옷 갈아 입고——."

그쪽을 향해 고개를 돌린 시도는 눈을 치켜뜨면서 말을 멈췄다.

거실에 들어온 소녀는, 시도가 예상했던 소녀가 아니었기 때문이다.

나이는 10대 초반 정도로 보였다. 새하얀 피부 위에 옅은 색 원피스를 입고, 푸른색 머리카락을 챙이 넓은 밀짚모자로 숨긴 소녀였다. 그리고 왼손에는 코미컬한 디자인의 토끼 퍼핏 인형을 끼고 있었다.

"요시노?"

시도가 이름을 부르자, 요시노는 고개를 들면서 사파이어 빛 눈동자로 그를 바라보았다.

인간은 절대 가지고 태어날 수 없을 것 같은 아름다운 눈동자.

그렇다. 그녀—— 그리고 토카는 엄밀하게 말하면 인간이 아니다. 『정령』이라고 불리는 특수 재해 지정 생명체인 것이다.

하지만 지금은 어떤 방법으로 그녀들이 지닌 힘을 봉인했기 때문에 그렇게 위험하지는 않았다. 실제로 〈라타토스크 기관〉에서 보호한 요시노는 기관이 소유한 공중함에서 지내면서 인간 사회에서 살기 위해 이런저런 것들을 배우고 있다고 들었다.

"아, 안녕하세요…… 시도 씨, 토카 씨."

『야호~. 오래간만이야, 시도 군. 잘 지냈어~? 때때로 요시노를 떠올리면서 뜬 눈으로 밤을 지새우지는 않았어~?』

요시노가 고개를 숙이면서 인사를 건넨 후, 그녀가 왼손에 끼고 있는 퍼핏 인형──『요시농』이 입을 뻐끔거리면서 발랄한 목소리를 냈다.

성격과 말투가 너무나도 대조적인 두 사람을 본 시도는 무심코 쓴웃음을 흘렸다.

언뜻 보기에는 복화술을 하고 있는 것 같지만…… 실은 그렇지 않았다. 『요시농』은 요시노 안에 있는 또 하나의 인격이며, 요시노는 『요시농』의 말과 행동에 전혀 관여하고 있지 않다고 한다.

지금도 농담을 지껄이는 『요시농』의 입을 요시노가 얼굴을 새빨갛게 붉힌 채 손으로 막고 있었다.

"죄…… 죄송, 해요……."

『읍~! 우읍~!』

요시노는 미안해하면서 한 번 더 고개를 숙였고, 『요시농』은 자신의 입을 막고 있는 요시노의 손을 떼어내기 위해 발버둥을 쳤다. 그 모습이 웃기면서도 귀여웠기에, 시도는 또 웃음을 터뜨렸다.

"아, 괜찮아. 그것보다 무슨 일이야? 요시노."

시도의 말을 들은 요시노는 퍼뜩 놀란 듯한 표정을 지었다.

"으, 으음…… 저기……."

요시노는 약간 안절부절못해 한 후, 각오를 다진 듯한 표정을 지으며 입을 열었다.

"여, 여전히…… 한심한 표정 짓고 있네, 시도……. 영광으로 생각해……. 무가치, 무기력, 무(無) 애인인 너에게…… 내가 존재 의의를…… 주겠어. 내일 저녁, 나를 불꽃놀이 축제에…… 데려가. 그, 그 정도는…… 인간에 한없이 가까울 정도로 진화한 물벼룩인 너도…… 할 수, 있지……?"

요시노는 떠듬거리면서, 평소 같으면 절대 입에 담지 않을 대사를 말했다.

"뭐…… 뭐라도 잘못 먹은 것이냐? 요시노."

토카는 식은땀을 흘리면서 미간을 살짝 찌푸렸다.

하지만 시도의 반응은 달랐다. 그는 부들부들 떨면서 천천히 입을 열었다.

"……야, 인마."

"……아! 죄, 죄송해요, 죄송해요, 죄송해요……! 하, 하지만…….."

요시노는 진심으로 사과하면서 고개를 숙였다.

하지만 시도가 방금 한 말은 요시노에게 한 말이 아니었다. 날카로운 시선으로 요시노의 뒤쪽―― 그녀가 방금 열고 들어온 문 쪽을 바라보았다. 그곳에는 필사적으로 웃음을 참고 있는 코토리의 머리가 보였다.

"코토리! 너, 내 마음의 오아시스에게 무슨 짓을 한 거야?!"

"……그러니까, 불꽃놀이를 보러 가고 싶다는 거네?"

문 뒤에 숨어 있던 코토리를 끌고 온 시도는 크게 한숨을 내쉬면서 말했다.

요시노는 책에서 본 『불꽃놀이』라는 것을 직접 보고 싶어 했고── 가능하다면 시도와의 『데이트권(權)』을 쓸 수 없을지 코토리에게 물어봤다고 한다.

"내일 텐마 강 쪽에서 불꽃놀이 하지? 요시노를 데리고 갔다 와."

검은색 리본으로 긴 머리카락을 둘로 나눠 묶은 소녀── 코토리가 소파에 기대면서 말했다.

참고로 이 『데이트권』이란 건 일전에 벌어진 어떤 승부에서 승리한 요시노가 획득한, 시도를 하루 동안 독점할 수 있는 권리다. 물론 시도의 의사 따위는 전혀 고려되지 않은 결정이지만…… 괜한 소리를 했다 얌전한 요시노 외의 다른 여자애들 귀에 들어갔다간 큰일이 날 것이 뻔했기에 그는 입을 다물었다.

"그럼 그냥 그렇게 말하게 하면 되잖아. 요시노에게 왜 그딴 대사를 시킨 거야?"

"어머, 스테고사우루스 급 둔탱이인 시도가 알아들으려면 그 정도 임팩트는 있어야 하지 않겠어? ……그런데, 어떻게 할 거야?"

"뭐, 나는 상관없지만……."

시도는 토카 쪽을 힐끔 쳐다보았다. 토카도 이 이벤트에 가보고 싶어 할 것 같았기 때문이다.

실제로 코토리에게 불꽃놀이(보다는 축제 현장에서 파는 음식)에 대한 이야기를 들은 후, 그녀는 볼을 붉힌 채 부들부들 떨고 있었다.

……간단하게 말해, 무지막지하게 가고 싶어 하고 있었다.

"앗……!"

하지만 시도의 시선을 느낀 토카는 깜짝 놀란 표정을 지었다.

"아, 아니, 그게……. 괘, 괜찮지 않겠느냐? 모처럼이니까…… 둘이서 즐겁게 갔다 와라."

눈가가 희미하게 젖은 토카는 무리하는 티가 팍팍 나는 목소리로 말했다.

시도는 식은땀을 흘리면서 요시노를 바라보았다. 요시노도 시도와 비슷한 표정을 짓고 있었다.

"으음…… 토카 씨, 괜찮으시면…… 같이 가시지 않겠어요?"

"뭐! 그, 그래도 되겠느냐?!"

요시노의 말을 들은 토카는 자리에서 벌떡 일어났지만──── 잠시 후, 고개를 세차게 저었다.

"아니…… 그럴 수는 없다. 이 데이트는 승자인 요시노의 정당한 권리다. 그러니 내가 끼어드는 건 옳지 않다."

자기 손등을 꼬집으면서 토카는 말했다.

그 모습을 본 코토리는 어깨를 으쓱했다.

"하아. 그럼 토카는 레이네와 같이 가도록 해. 따로 가는 거면 문제없지?"

코토리의 말을 들은 토카는 표정이 환해졌다.

"뭐! 으음…… 뭐, 너희가 이렇게까지 권하니 어쩔 수 없지!"

그렇게 말하는 토카를 본 시도와 요시노는 서로를 바라보며 쓴웃음을 지었다.

◇

다음 날. 시도는 불꽃놀이 축제 행사장에서 가장 가까운 역에 있는, 기묘한 형태를 한 오브제 앞에 서서 요시노를 기다리고 있었다.

현재 시각은 오후 여섯 시. 앞으로 한 시간 후면 불꽃놀이가 시작되기 때문일까, 역 앞은 사람들로 넘쳐나고 있었다. 그중에는 불꽃놀이보다는 그 외의 먹거리나 즐길 거리 때문에 왔는지 한 손에 타코야키가 든 팩이나 요요 등을 든 채 역으로 향하고 있는 사람들도 있었다.

"예상은 했지만…… 정말 사람 많네."

『무슨 느긋한 소리를 하고 있는 거야? 방금 요시노를 지상으로 전송했어. 곧 도착할 테니까 그녀와 합류하도록 해.』

시도의 혼잣말에 답하듯, 오른쪽 귀에 꽂은 인터컴에서 코토리의 목소리가 흘러나왔다.

요시노는 상태가 안정된 편이니 인터컴이 필요 없다고 말했지만, 만일의 사태에 대비해 인터컴을 가지고 갈 것을 〈라타토스크〉 측은 권했다.

『──오늘은 원칙적으로 아무런 지시도 안 내릴 거야. 그리고 축제 현장에 〈라타토스크〉의 기관원이 배치되어 있으니까 무슨 일 있으면 말해.』

"오케이."

『그럼 요시노를 부탁해.』

코토리는 그 말을 끝으로 통신을 끊었다.

그 사실을 확인한 후, 시도는 요시노를 찾기 위해 주변을 둘러보았다.

바로 그때.

"마, 많이, 기다렸……죠?"

『야호~. 기다리게 해서 미안해, 시도 군~.』

의외로 가까운 곳에서 귀에 익은 목소리가 들리자, 시도는 그쪽을 향해 시선을 숙였다.

"……!"

그리고 예상외의 사태를 두 눈으로 목격한 그는 눈을 치켜떴다.

요시노는 평소 자주 입는 원피스가 아니라, 연청색 유카타#2로 몸을 감싸고 있었다. 밀짚모자도 쓰지 않았고, 아름답게 틀어 올린 머리카락에는 꽃 모양 비녀가 꽂혀 있었다.

그런 옷차림이 인형을 연상케 하는 요시노의 용모와 조화를 이루며 말로 표현할 수 없을 만큼 엄청난 아름다움을 자아냈다. 그 모습을 본 시도는 할 말을 잃은 채 그녀를 뚫어져라 쳐다보았다.

"시도…… 씨?"

"윽?! 아, 미, 미안."

요시노의 목소리를 듣고서야 정신을 차린 시도는 고개를 돌렸다. 그러자, 요시노와 마찬가지로 비녀를 머리에 꽂은 『요시농』이 능글맞은 미소를 지었다.

『어머머~? 혹시 꽃단장한 요시노를 보고 넋이 나가버린 건가요~? 꺄아~, 해냈네, 요시노. 레이네 씨에게 도움받아

#2 유카타(浴衣) 목욕 후 혹은 여름철에 평상복 대신 입는 옷으로 두루마기 모양의 긴 무명 홑옷. 옷고름이나 단추 대신 허리띠로 옷을 고정시킨다.

가며 꽃단장한 보람이 있잖아~.』

"으윽……."

"요, 요시농……! 이, 이상한 소리, 하지 마. 시도 씨가……."

요시노는 허둥지둥 『요시농』의 입을 막으면서 시도를 바라보았다.

"아, 그게…… 저, 정말 예뻐."

하지만 시도마저 그렇게 말하자, 요시노의 얼굴은 새빨갛게 달아올랐다.

"아, 저, 저기, 으음……."

칭찬을 받을 거라고는 전혀 생각하지 못했는지, 오른손으로 모자를 눌러써 얼굴을 가리는 듯한 동작을 취했다.

하지만 지금 요시노의 머리를 장식하고 있는 것은 밀짚모자가 아니라 꽃모양 비녀였다.

그제야 그 사실을 깨달은 요시노는 고개를 푹 숙였다.

그 후, 두 사람은 침묵에 휩싸인 채 마주 서 있었다. 이럴 때 제삼자가 농담이라도 한마디 해주면 좋겠지만, 『요시농』은 능글맞은 미소를 머금은 채 입을 다물고 있었다.

"으, 으음…… 뭐냐. 이러고 있는 것도 좀 그러니까, 슬슬 갈까?"

"아, 예……! 잘…… 부탁드려요."

시도의 말을 들은 요시노는 긴장한 표정을 지으면서 고개를 푹 숙였다.

"응. 그럼 가자."

시도가 그렇게 말한 후 강 쪽을 향해 걸음을 뗀 순간, 뒤쪽에서 『요시뇽』의 목소리가 들렸다.

『시도 군~. 이렇게 사람들이 많은 곳에서 앞장서서 혼자 가버릴 거야~?』

"응?"

뒤를 돌아본 시도는 『요시뇽』의 말을 이해했다. 요시노는 익숙지 않은 유카타를 입었을 뿐만 아니라, 나막신까지 신고 있었다.

"미안. 아직 시간 있으니까 천천히 가자."

『노노노~. 그게 아니라구, 시도 군~.』

"응?"

『자, 요시노~.』

그렇게 말한 『요시뇽』은 요시노의 새빨개진 볼을 손으로 톡톡 두드렸다.

긴장한 듯한 요시노는 입술을 깨문 후, 각오를 다진 듯한 목소리로 말했다.

"저, 저기, 시도 씨."

"왜?"

"저…… 오늘, 시도 씨와의…… 데이트권을 썼, 어요."

"알고 있어."

"그러니까…… 이, 이건, 그러니까, 저, 저와 시도 씨의, 데이트……예요."

"그렇지."

"으음, 그게, 그러니까…… 저기, 괘, 괜찮다면……."

요시노는 머뭇거리면서 오른손을 내밀었다.

"소, 손을…… 잡아도 될까요?"

요시노는 그렇게 말한 후, 시도의 얼굴을 바라보았다. 이 말을 하기 위해 일대 결심을 한 듯한 요시노의 눈가는 희미하게 젖어 있었고, 부드러워 보이는 입술은 희미하게 떨리고 있었다.

"으, 응. 좋아."

그 모습을 보고 가슴이 뛴 시도는 그 사실을 들키지 않기 위해 평정을 가장하면서 요시노의 자그마한 손을 잡았다.

그 감촉에 놀란 요시노는 어깨를 부르르 떨었다.

"어? 아, 미안. 놀랐어?"

"아, 아뇨…… 괜찮아요."

"그, 그래? 그럼―― 가자."

"예……."

요시노는 홍당무처럼 새빨개진 얼굴을 감추려는 것처럼 고개를 크게 끄덕였다. 왼손에 낀 『요시농』이 『힘내~. 파이팅~.』 하고 말하면서 요시노의 머리를 쓰다듬어주었다.

시도는 여자애와 손을 잡아본 적이 없는 것은 아니지

만…… 왠지 묘하게 긴장되었다.

바로 그때——.

"……어?!"

누군가의 강렬한 시선을 느낀 시도는 주위를 둘러보았다.

"시도 씨……? 왜…… 그러세요?"

"아니, 아무것도…… 아니야."

어쩌면 이렇게 귀여운 소녀와 손을 잡고 있는 시도를, 길을 가던 누군가가 질투에 찬 눈빛으로 노려본 것일지도 모른다.

시도는 가볍게 심호흡을 한 후, 힘을 주면 으스러질 것 같은 손가락을 상냥하게 감싸 쥐면서 천천히 걸음을 옮겼다.

인파를 헤치며 15분 정도 걸었을 즈음. 길 양쪽에 늘어서 있는 포장마차의 불빛이 보이기 시작했다.

야키소바, 타코야키, 솜사탕 같은 축제 대표 메뉴를 파는 가게에, 요요 낚시, 금붕어 건지기, 과녁 사격, 그리고 정체모를 경품이 걸린 제비뽑기 가게와 설탕 과자 뽑기 가게도 있었다.

"와아……."

요시노는 눈을 동그랗게 뜨면서 탄성을 터뜨렸다.

"엄청…… 나요."

『와아~, 시끌벅적하네~. 그런데 여기선 뭘 파는 거야? 불꽃놀이용 폭죽 같은 걸 파는 거야? 그거 사서 멋대로 쏘면 되는 시스템~?』

『요시농』이 고개를 갸웃거리면서 한 말을 들은 시도는 쓴웃음을 지었다. 이곳에 있는 사람들이 폭죽을 멋대로 쏴댄다면 꽤나 엄청난 광경이 펼쳐질 것이다.

"아냐. 불꽃놀이용 폭죽은 강가에서 쏴. 여기서 파는 건 음식과 장난감 같은 거야."

『뭐? 그것과 불꽃놀이는 어떤 관계야?』

"으……, 자, 잘 모르겠는데……."

『흐음~. 뭔가 철학적인 명제가 숨어 있는 것 같은 느낌이네~.』

납득한 것처럼 팔짱을 낀 『요시농』은 고개를 끄덕였다.

시도는 딱딱한 미소를 지으면서 요시노를 바라보았다.

"요시노는 이런 데 와보는 게 처음이야?"

시도의 말을 들은 요시노는 흥분한 듯한 표정을 지으며 고개를 끄덕였다.

"채, 책에서 본 적은, 있어요. 하지만…… 실물은, 처음 봐요."

"그렇구나."

이렇게 놀라는 요시노를 보며 그녀를 데리고 오길 잘했다고 생각한 시도는 미소를 지으면서 핸드폰으로 시간을 확인했다.

"불꽃놀이가 시작될 때까지 시간이 좀 있어. 그동안 가게들을 둘러볼까?"

"예?! 그, 그래도…… 되나요?"

"물론이지. 이런 게 바로 불꽃놀이 축제의 재미라고. 먹고 싶은 거나 가지고 싶은 거 있어? 내가 한턱 쏠게."

"으, 으음……."

요시노는 허둥지둥 고개를 돌리면서 주변에 있는 가게를 쳐다보았다.

"아하하…… 천천히 둘러보고 정해도 돼."

"아, 예. 죄송해요……."

요시노는 고개를 끄덕이면서 시도의 손을 꼭 쥐었다.

그리고 인파를 헤치면서 걸음을 옮기던 요시노는 갑자기 걸음을 멈췄다.

"응? 요시노, 왜 그래?"

"시도 씨…… 저건, 뭔가요?"

그녀는 왼편을 바라보면서 말했다.

"……."

그리고 시도는 아무 말 없이 그 자리에서 우뚝 멈춰 섰다.

그곳에 있는 것은 과녁 사격 가게였다. 코르크 마개를 발사할 수 있는 총이 열 자루 정도 있고, 가게 안쪽에는 과녁이 있었다.

거기까지는 별문제 없었다. 평범한 가게나 마찬가지였다.

하지만 그 과녁이 가면을 쓴 반라 상태의 남자이며, 그 사람이 아는 사람과 매우 많이 닮았다면 이야기는 다르다.

"아아……. 여러분! 빨리! 저를 향해 코르크 마개를 날려 주세요!"

"입 다물어, 칸나즈키. 네가 그러니까 손님들이 안 오는 거라구. 코르크 마개에 맞고 싶으면 좀 더 과녁답게 얌전히 있어. 그 정도도 못할 정도로 무능한 거야? 확 잘라버리고 인형이라도 세워두는 편이 나으려나?"

가게 주인은 한 치의 주저도 없이 그렇게 말했다. 포장마차 주인치고는 꽤 젊은…… 아니, 변장을 하기는 했지만, 코토리가 분명했다.

"크, 크으으윽~! 아아, 하지만 이런 독설 공격도 정말 좋아……!"

과녁 남자는 황홀함으로 가득 찬 목소리로 말했다. …… 역시 저자는 〈라타토스크〉의 부사령관이자 공중함 〈프락시너스〉의 부함장인 칸나즈키 쿄헤이가 분명했다.

다른 가게들은 성황을 이루고 있는데도 이 가게는 완전히 파리만 날리고 있었다.

시도는 머리를 감싸 쥐었다. 기관원이 배치되어 있다는 이야기는 들었지만…….

"가게를 연다고는 안 했잖아?!"

"······?!"

시도의 고함 소리를 듣고 놀랐는지, 요시노는 부르르 떨었다.

"아. 미, 미안."

"아, 아뇨······ 그것보다, 저기······ 시도 씨. 저건······."

"자, 요시노. 다른 데 가자."

"아, 하지만······."

시도는 요시노의 팔을 잡아끌면서 걸음을 옮겼다. 시도가 이러는 이유는 단순했다. 요시노에게 저 광경을 보여주고 싶지 않았고······ 만에 하나라도 그녀가 영향을 받으면 큰일이기 때문이다.

바로 그때, 요시노는 또 눈길이 가는 것을 발견한 듯했다. 그녀는 걸음을 멈추면서 말했다.

"시도, 씨. 저건······ 뭔가요?"

"응?"

요시노가 바라보고 있는 곳에는 빙수 가게가 있었다. 커다란 제빙기에서 나온 얼음 조각들이 흩날리면서 찬란히 빛나고 있었다.

"아름다······워요."

"아, 저건 빙수야. 잘게 간 얼음에 시럽을 뿌려서 먹는 거지."

"으, 음식, 인가요?"

요시노는 의외라는 듯이 눈을 동그랗게 떴다. 확실히 아무런 사전 지식 없이 본다면 빙수는 음식치고는 너무 아름다울지도 모른다.

"그래. 꽤 맛있어. 먹어볼래?"

"……!"

시도의 말을 들은 요시노는 고개를 끄덕였다.

"으음, 그럼…… 어느 맛으로 할래?"

요시노의 손을 잡고 포장마차 쪽으로 걸어간 시도는 딸기, 멜론 같은 단어가 적혀 있는 종이를 보면서 말했다.

"시, 시도 씨가…… 정해, 주세요."

"응? 그럼…….."

시도는 메뉴를 살펴본 후, 제빙기 앞에 서 있는 아저씨에게 말을 걸었다.

……이 아저씨의 얼굴도 〈프락시너스〉 안에서 본 적이 있는 것 같은 느낌이 들지만, 시도는 가능한 한 신경 쓰지 않기로 했다. 어쩌면 이곳에 있는 포장마차 중 몇 퍼센트 정도는 〈라타토스크〉 기관원이 운영하고 있을지도 모른다. 여전히 과보호에 가까운 지원 태세를 취하고 있었다.

"저기, 블루 하와이 하나 부탁해요."

"예입!"

포장마차 아저씨는 익숙한 손놀림으로 컵에 얼음으로 된 산을 만들더니, 파란색 시럽을 뿌린 후 시도에게 건네주었다.

딱히 이 가게의 추천 메뉴가 블루 하와이인 건 아니었다 (시도는 그게 무슨 맛인지도 모른다). 하지만 형광등 불빛을 받아 찬란히 빛나고 있는 푸른색이 요시노에게 너무나도 잘 어울렸다.

시도는 계산을 한 후, 그 컵을 요시노에게 건넸다.

"자."

"아, 고마……워요."

『요시농』에게 컵을 들고 있어달라고 부탁한 요시노는 플라스틱 수저로 푸른색으로 물든 얼음을 퍼서 잠시 동안 바라본 후, 입안에 집어넣었다.

"――――아!"

다음 순간, 깜짝 놀란 것처럼 눈을 치켜뜬 요시노는 좌우를 쳐다본 후, 시도를 올려다보면서 흥분을 표시하듯 그의 몸을 손바닥으로 두드려댔다.

하지만 잠시 후, 흥분에서 벗어난 그녀는 고개를 푹 숙이면서 말했다.

"죄, 죄송해요. 무심코……."

"하하, 마음에 들었어?"

시도가 묻자, 요시노는 고개를 몇 번이나 끄덕이며 말했다.

"차갑고, 달콤하지만…… 아이스크림과는 다른…… 정말 엄청, 나요. 혁명, 이에요……."

요시노는 그렇게 말한 후, 빙수를 먹어댔다.

"어, 어이, 너무 빨리 먹으면……."

"…………으응."

한발 늦었다. 요시노는 표정을 찡그리면서 손바닥으로 관자놀이를 눌렀다.

"아, 머릿속이 찌릿찌릿~ 했어요……."

"찬 걸 너무 빨리 먹으면 그렇게 돼. 일명 아이스크림 두통이야."

"마, 맛있을 것 같은 이름의, 두통, 이네요……."

요시노는 눈을 꼭 감은 채 쥐어짜내는 듯한 목소리로 말했다.

바로 그때, 약간 떨어진 곳에서 힘찬 목소리가 들렸다.

"──오오! 레이네, 이번에는 저걸 먹자! 저건 뭐라고 하는 것이냐?!"

"……유감이지만, 금붕어는 먹는 게 아냐."

"음? 그러하냐? 직접 건져서 산 채로 먹는 건 줄 알았는데……."

귀에 익은 목소리였다. 그 목소리를 들은 시도와 요시노, 그리고 『요시농』은 동시에 고개를 돌렸다.

"아……."

"토카…… 씨?"

『맞네~.』

그렇다. 그쪽에는 유카타를 입은 토카, 그리고 마찬가지로 유카타를 입은 레이네가 나란히 서서 돌아다니고 있었다.

참고로 토카의 오른손에는 거대한 솜사탕이 쥐어져 있었고, 왼손에는 손가락 사이마다 사과 사탕, 초코바나나, 오징어구이 같은 것이 끼워져 있었다. 그리고 손목에는 반짝거리는 팔찌가, 머리에는 히어로 가면을 비스듬하게 쓰고 있었다. 축제를 무지막지하게 만끽하고 있는 것 같았다.

토카의 유카타 차림도 요시노에게 뒤지지 않을 만큼 아름다웠지만…… 여러 음식과 장식품을 들고 있는 그녀를 보니 쓴웃음밖에 나오지 않았다.

"어이, 토카!"

그 목소리를 들은 토카는 고개를 갸웃거리면서 시도를 향해 고개를 돌렸다.

"음? 오오, 시도와 요시노…… 구, 나──."

시도를 향해 손을 흔들려던 토카는 잠시 후 깜짝 놀란 표정을 지으면서 레이네의 등 뒤에 숨었다.

"……어? 토카 씨, 왜 저러는, 거죠……."

『으음~, 아무리 토카라도 저런 모습을 시도 군에게 보여주고 싶지 않은 게 아닐까~?』

"으음…… 그건 아닐 것 같은데……."

토카는 그런 것을 신경 쓰지 않을 것 같은 느낌이 든 시도가 고개를 갸웃거렸다. 그 후, 요시노를 데리고 레이네와 토카를 향해 걸음을 옮겼다.

"안녕하세요, 레이네 씨. 토카는 왜 저러는 거예요?"

"⋯⋯그게⋯⋯."

레이네는 옆으로 한 걸음 물러서면서 자신의 등 뒤에 숨어 있는 토카의 모습을 시도에게 보여주었다.

토카는 어깨를 부르르 떨면서 허둥지둥 댔다. 그리고 들고 있던 거대 솜사탕을 한입에 먹어치우더니, 빈 오른손으로 비스듬히 쓰고 있던 가면을 잡은 후, 그것으로 얼굴을 가렸다.

"⋯⋯토카, 뭐 하는 거야?"

"후, 후하하하! 토카? 그게 누구지? 내 이름은 콩고물빵맨! 배가 고픈 아이에게 콩고물을 묻혀주는 슈퍼 히어로다!"

뭐랄까, 좋은 녀석인지 나쁜 녀석인지 알 수 없는 히어로였다.

레이네는 토카의 머리를 쓰다듬어준 후, 낮은 목소리로 말했다.

"⋯⋯아무래도 토카는 너희 데이트를 방해하지 않기로 마음먹은 것 같아."

"아⋯⋯ 그렇군요."

시도는 요시노와 시선을 교환한 후, 가볍게 고개를 끄덕였다.

시도와 요시노는 그 점을 그렇게 신경 쓰지 않고 있지만, 토카의 배려를 무시하는 것도 좋지 않을 것 같다는 생각이 들었다.

"그렇구나. 그럼 우리 먼저 갈게. ──지구의 평화를 지켜줘, 콩고물빵맨."

"아, 시도……."

시도가 그렇게 말하면서 걸음을 옮기자, 토카는 아쉬움 섞인 목소리로 그의 이름을 불렀다.

"응?"

"윽! 아, 아무것도 아니다! 지구의 평화는 나에게 맡겨다오!"

토카는 고개를 세차게 저은 후 힘찬 목소리로 말했다. 시도와 요시노는 토카를 향해 손을 흔들어준 후, 강 쪽을 향해 걸음을 옮겼다.

"휴우…… 까딱 잘못했으면 정체를 들킬 뻔했구나. 좀 전에 가면을 사길 정말 잘했다."

토카는 콩고물빵맨 가면을 비스듬히 쓴 후, 안도의 한숨을 내쉬었다.

정말 위험했다. 재빨리 가면을 쓰지 않았다면 시도와 요시노의 데이트를 방해하고 말았을 것이다.

확실히 토카도 시도와 함께 불꽃놀이를 보고 싶고, 두 사람이 데이트를 하고 있다는 점 때문에 이런저런 생각이 들지 않는 것은 아니다. 하지만 토카와 오리가미를 멋지게 쓰러뜨리고 데이트권을 획득한 요시노에게 경의를 표하고 싶다는 마음 또한 지니고 있었다.

게다가 토카도 데이트를 방해당하면 얼마나 슬픈지 알고 있었다. 그렇기에 오늘은 시도와 요시노의 데이트를 방해하지 않기로 마음먹은 것이다.

"……응?"

바로 그때, 토카는 미간을 찌푸렸다.

이유는 단순했다. 인파를 헤치며 걷고 있는, 눈에 익은 소녀를 발견했기 때문이다.

새하얀 유카타와 연보랏빛 띠로 몸을 감싼, 선이 가는 느낌의 소녀였다. 어깨까지 기른 머리카락과 무표정한 얼굴. 그녀는 바로──.

"토비이치 오리가미……? 저 녀석이 왜 이런 곳에……."

그렇다. 그녀는 토카와 시도의 클래스메이트이자, 토카의 천적인 토비이치 오리가미였다.

토카가 미심쩍은 표정으로 지켜보니, 오리가미는 멀어져 가는 시도와 요시노의 뒷모습을 바라보며 두 사람의 뒤를 쫓고 있었다.

"아니! 이 녀석, 거기 서라!"

토카는 고함을 지르면서 오른손으로 오리가미의 어깨를 잡았다. 이대로 놔뒀다간 오리가미가 시도와 요시노의 데이트에 난입할 것 같은 느낌이 들었기 때문이다.

"……야토가미 토카. 네가 왜 이런 곳에 있는 거지?"

고개를 돌린 오리가미는 언짢은 듯한 얼굴로 토카를 노려보았다.

"그건 내가 할 말이다! 네 녀석, 뭘 하러 온 것이냐?!"

"너와는 상관없어. 냐."

"그럴 수는 없다! 시도와 요시노의 데이트를 방해하게 냐 둘까 보냐?!"

토카가 고함을 지른 순간, 오리가미의 눈썹이 희미하게 떨렸다.

"데이트. 역시 데이트 중인 거야?"

"그렇다. 그러니 방해하지 마라. 알겠── 무, 무시하지 마라!"

토카의 손을 떨쳐낸 오리가미가 성큼성큼 걸음을 옮기자, 토카는 그녀의 앞을 막아섰다.

"비켜. 시도가 정령의 비열한 술수에 걸려드는 걸 지켜만 보고 있을 수는 없어."

"비열한 술수? 요시노는 좋은 녀석이다. 그러니──."

"너는 뭘 몰라도 한참 몰라. 원래 저런 여자가 더 무서워. 저 순진무구한 얼굴 뒤에 음탕한 본성이 꿈틀거리고 있을 게 뻔해. 앳되고 연약한 척하면서 남성들의 보호 본능을 자극한 후, 무방비하게 다가왔을 때 잡아먹을 거야. 그야말로 아귀. 공포 클리오네[#3] 소녀."

"무, 무슨 소리를 하는 거야. 요시노가 그런 짓을 할 리가 없다!"

"말이 안 통하네. 비켜. 이대로 있다가 어두운 골목으로 끌려갔다간 시도의 정조가 위험에 처할 거야."

오리가미는 토카의 옆을 지나가려 했고, 토카는 그런 그녀를 막았다. 교착 상태에 처한 두 사람은 날카로운 눈빛으로 서로를 노려보았다. 바로 그때——.

"……두 사람. 저걸로 승부를 내는 건 어때?"

서로를 노려보고 있는 두 사람의 귀에 레이네의 목소리가 흘러들어왔다.

"음?"

"……무라사메 선생님?"

오리가미는 미심쩍은 표정을 지었다.

하지만 오리가미의 표정을 개의치 않은 레이네는 근처에 있는 포장마차를 손가락으로 가리켰다.

그 포장마차는 과녁 사격 가게인 것 같았다. 가게 주인은 보이지 않았고, 『가게 비워둡니다. 자유롭게 이용해주십시오. 주인』이라고 적힌 종이가 붙어 있었다.

"……각각 서른 발씩 쏴서 획득 점수가 높은 쪽의 승리. 진 쪽은 이긴 쪽의 말에 따를 것…… 이라는 룰은 어때? 알

#3 클리오네(clione) 껍질 없는 조개류 생물. 남극과 북극에 분포하는 점과 투명한 몸체 때문에 '유빙(遊氷)의 천사'라 불리며, 먹이를 포식할 때는 머리가 십자로 갈라지면서 거기서 나온 촉수로 감싸서 섭취한다.

기 쉬워서 편할 것 같은데 말이야."

"으음…… 좋다! 바라던 바다!"

확실히 알기 쉬운 룰이었다. 토카는 고개를 끄덕이면서 말했다.

"승부를 해야 할 이유가 없어. 그리고 나는 지금 바빠."

하지만 오리가미는 승부를 할 마음이 없는 것 같았다. 그녀는 고개를 휙 돌리면서 걸음을 옮기려 했다. 그러자 토카가 허둥지둥 오리가미 앞을 막아섰다.

"……이 교착 상태를 어떻게 하고 싶지 않아? 토카도 패배하면 순순히 네 뜻에 따를 거야. ──아니면 토카에게 이길 자신이 없어서 승부를 피하는 거야?"

레이네는 도발하는 듯한 말투로 말했다. 그 말을 들은 오리가미는 눈을 가늘게 떴다.

"뭐냐. 왜 승부를 피하나 했더니 나한테 이길 자신이 없어서 그랬던 것이냐?"

토카가 고개를 끄덕이면서 그렇게 말하자, 오리가미는 소리 없이 과녁 사격 가게로 가더니, 코르크 총을 쥐었다.

"과녁은?"

"음? 왜 갑자기 의욕이 생긴 것이냐?"

전투 상태에 들어간 오리가미를 본 토카는 왼손 손가락 사이에 끼워둔 사과 사탕과 초코바나나, 오징어구이를 단숨에 먹어치웠다. 여러 가지 음식의 맛이 뒤섞인 탓에 그다지 맛있지 않았다.

하지만 지금은 그런 것을 신경 쓸 때가 아니었다. 토카는 레이네에게 음식이 꽂혀 있던 막대를 넘겨준 후, 오리가미의 옆에 서서 총을 쥐었다.

"이 총으로 과녁을 쏘면 되는 거지? 그럼 승부를──."

그제야 사격 가게 안쪽에 있는 과녁을 본 토카는 그 자리에서 딱딱하게 굳었다.

가면을 쓴 반라 상태의 남자가 벽에 고정되어 있었고, 그 남자의 몸에는 동심원이 몇 개나 그려져 있었다. 참고로 최고 점수는 100점짜리인 사타구니 부분이었다.

"이, 이건……."

식은땀을 흘리던 토카의 눈에 가게 안쪽에 있는 누군가가 들어왔다.

"음?"

토카가 고개를 갸웃거리면서 안쪽을 보니 그곳에는 유카타 위에 핫피#4를 걸친 코토리가 숨어 있었다.

"코토리……? 이런 데서 뭘 하고 있는 것이냐?"

"으윽?! 아…… 토카. 그게 말이야. 가능하면 얼굴을 마주하고 싶지 않거든……."

코토리는 그렇게 말하면서 과녁을 향해 총을 든 오리가미를 힐끔 쳐다보았다.

#4 핫피(法被) 일본 전통 의상으로, 주로 축제 참가자들이나 장인들이 착용함.

"음······?"

토카가 고개를 갸웃거렸을 때, 오리가미가 익숙한 손놀림으로 총을 들더니, 차분하게 방아쇠를 당겼다.

"──아흐응?!"

그러자 총구에서 튀어나온 코르크 마개가 과녁의 사타구니에 정통으로 꽂혔다. 과녁은 고통스러운 듯한, 그러면서도 기분 좋아하는 듯한 신음을 흘렸다.

"······처음부터 100점을 따다니 꽤 하네. ──으음, 100점짜리 경품은 이 안에 있는 것들이니까 이 중에서 골라봐."

"멋대로 꺼내 가도 되는 거야?"

"······응. 이 가게의 주인과 아는 사이거든. 잠시 가게 좀 봐달라는 부탁을 받았어."

"그래."

오리가미는 여유 넘치는 표정으로 한숨을 내쉬었다.

"으윽······."

그 모습을 보고 미간을 찌푸린 토카는 코토리에게 작별 인사를 한 후, 서둘러 돌아갔다.

그리고 엉거주춤한 자세로 총을 든 토카는 방아쇠를 당겼다. 퐁! 하는 경쾌한 소리와 함께 발사된 코르크 마개가 과녁의 가슴 언저리에 꽂혔다.

"아히잉!"

"······으음, 오른쪽 젖꼭지는── 20점이네. 자, 상품인

어린이용 불꽃놀이 세트야."

가게 안으로 들어간 레이네는 네모난 봉투 안에 든, 이야기로 들은 『불꽃놀이』와는 다른 물건을 토카에게 건네줬다.

하지만 토카는 상품 따위는 안중에도 없었다. 토비이치 오리가미보다 점수가 낮다는 게 분해서 참을 수가 없었다.

"우호오~!"

토카가 어금니를 깨문 순간, 과녁이 또 기묘한 비명을 질렀다. 아무래도 오리가미가 또 100점을 딴 것 같았다.

"큭…… 질까 보냐!"

토카는 또 총을 들더니, 과녁을 조준한 후 방아쇠를 당겼다.

현재 시각은 오후 6시 50분.

역에 도착했을 즈음에는 아직 밝았던 하늘도 어느새 어둠에 휩싸였다.

약간 서늘한 공기와 희미하게 들려오는 벌레 소리. 그리고 도회지 특유의 별 없는 하늘은 불꽃놀이를 감상할 때에 한해 좋은 배경이 되어줄지도 모른다.

불꽃이 발사될 때까지 약 10분 정도 남았다. 포장마차를 둘러보던 시도와 요시노는 불꽃을 구경하기 좋은 자리를 확보하기 위해 강가를 향해 걷고 있었다.

"괘, 괜찮아? 요시노."

시도는 요시노의 오른손을 쥐면서 말했다. 불꽃놀이가 시작될 시간이 다가오자, 행사장 주변의 인구 밀도가 급격하게 올라가기 시작했다. 마치 연말 바겐세일 중인 백화점이나 평일 아침의 지옥철을 연상케 했다.

"괘, 괜찮……아요."

『우햐~. 찌~부~러~지~겠~어~.』

시도는 요시노와 『요시농』의 말을 들으면서 사람들의 흐름에 따라 강가로 향했다.

"하아…… 사람 정말 많네."

"예, 에……."

『맞아~. 일전에 코토리가 요시농을 세탁기에 집어넣었을 때가 생각났다니깐~.』

시도는 하늘을 올려다보면서 가볍게 기지개를 켰다. 희미하게 낀 구름이 달을 가리고 있기 때문에, 하늘은 칠흑빛으로 물들어 있었다. 불꽃놀이를 하기 딱 좋은 날씨였다.

그 후, 시도는 요시노의 어깨를 두드리며 강 쪽을 손가락으로 가리켰다.

"저쪽에서 불꽃을 쏠 거야."

"저, 저곳……인가요?"

『아~, 어디 어디~?』

『요시농』은 그렇게 말하면서 몸을 내밀었다.

"저기야. 저쪽의——."

바로 그때, 위화감을 느낀 시도는 말을 멈췄다.

──어찌 된 영문인지, 요시노의 왼손이 보였다.

"어……?"

시도는 눈을 비빈 후, 다시 요시노를 바라보았다. ……틀림없었다.

"……? 왜, 그러세요?"

『뭐~야~. 아, 혹시 화장실 가고 싶어~? 시도 군은 보기보다 매너가 없네~. 그런 데는 미리 갔다 오라구~.』

고개를 갸웃거리면서 그렇게 말한 요시노는 그 말에 맞춰 왼손가락을 움직였다.

……그렇다. 원래 퍼핏 인형인 『요시농』을 끼고 있어야 하는 왼손이 노출되어 있었던 것이다.

시도는 눈을 치켜떴다. 아마 방금 인파에 휩쓸리던 와중에 떨어뜨린 것이리라.

하지만 『요시농』은 퍼핏이 아니라, 어디까지나 요시노의 마음속에 존재하는 별개 인격이다. 그러니 요시노가 퍼핏 인형을 끼고 있다고 생각하는 동안에는 『요시농』의 인격이 발현될 것이다.

하지만 요시노는 시도의 시선이 향하고 있는 자신의 왼손을 보았고──.

"히익……."

다음 순간, 표정을 딱딱하게 굳힌 요시노는 숨을 삼켰다.

"……! ……!"

그리고 소리 없는 비명을 지르면서 허둥지둥 주위를 둘러보았다. 하지만 『요시농』은 주위에 없었다.

얼굴이 새파랗게 질린 요시노는 절망에 찬 표정을 지으면서 눈물을 흘리기 시작했다.

그렇다. 낯가림이 심하고 대인 공포증이 있는 요시노는 친구인 『요시농』이 없으면 정신 상태가 매우 불안해진다.

그리고 정령의 정신 상태가 흐트러진다는 것은——.

바로 그때, 인터컴에서 경고음이 흘러나왔다. 그리고 그 뒤를 이어 코토리의 목소리가 시도의 고막을 때렸다.

『시도? 요시노의 정신 상태가 급격히 불안해졌어. 대체 무슨 일이야?!』

"그, 그게—— 실은 요시농이——."

하지만 설명을 할 시간이 없었다. 인터컴을 꽂지 않은 귀를 통해, 요시노의 울음소리가 들렸기 때문이다.

"아, 아, 아아……."

"지, 진정해, 요시노!"

"우…… 아, 아아아앙……!"

시도가 필사적으로 달랬는데도 불구하고, 요시노는 닭똥 같은 눈물을 흘리기 시작했다.

바로 그 순간.

──불꽃놀이 축제 행사장에 느닷없이 폭우가 쏟아졌다.

◇

"죄, 죄송……해요. 시도 씨……."

강가에 있는 신사의 경내에서, 요시노는 고개를 푹 숙인 채 낮은 목소리로 말했다.

곱게 올려 묶은 머리카락은 촉촉이 젖었고, 물기를 머금은 유카타는 요시노의 피부에 찰싹 붙어 있었다. 유카타 너머로 보이는 새하얀 피부는 너무나도 요염해 보였다.

"아, 아냐. 신경 쓰지 마."

『맞아~. 요시노는 아무 잘못 없다구. 요시농이 쓸데없이 바보 짓한 탓이야. 걱정 끼쳐서 미안~.』

요시노가 왼손에 낀 퍼핏 인형은 그렇게 말하면서 요시노의 머리를 쓰다듬었다.

행사장 안에 있던 〈라타토스크〉 기관원들이 협력해준 덕분에 『요시농』은 금방 찾았다. 역시 수많은 인파에 휘말려 이동하다 떨어뜨린 것 같았다. 『요시농』의 얼굴에 신발 자국이 남아 있기는 하지만, 그 외에는 손상이 없었다. 정말 불행 중 다행이었다.

하지만 조금 전의 폭우 때문에 불꽃놀이는 일시 중지되고 말았다.

요시노는 원래 물과 냉기를 다루는 정령이다. 영력을 지니고 있을 때는 그녀가 모습을 드러낼 때마다 주변에 비가 내렸다.

영력이 봉인된 덕분에 일상생활을 할 수 있게 되었지만— — 정신 상태가 현저하게 불안정해지면, 봉인된 힘이 역류했다.

즉…… 이번처럼 말이다.

『요시농』이 발견되자마자 비는 그쳤지만, 불꽃놀이가 재개될지 안 될지는 확실치가 않았다. 요시노는 다른 사람들에게 폐를 끼친 게 미안한지 고개를 푹 숙이고 있었다.

"정말…… 죄송해요……."

"신경 쓰지 말라니까 그러네."

시도가 그렇게 말하는데도 요시노는 고개를 들지 못했다.

그때, 『요시농』이 『으음…….』하고 신음을 흘린 후, 좋은 생각이 났다는 듯이 손뼉을 쳤다.

『정말~. 요시노 때문에 다 엉망진창이 되었다니깐~. 다들 아쉬워하고 있을 거야~.』

"아……."

"어, 어이, 그렇게까지 말할 건—."

『요시농』은 시도의 말을 무시하면서 말을 이었다.

『요시노~. 코토리에게 배웠었지? 나쁜 짓을 한 아이는?』

"응……?"

『나쁜 짓을 한 아이는~?』

"으음…… 어, 엉덩이 맴매……."

『맞아 맞아~. 맴매 맞고 반성해서, 다시는 같은 실수 저지르지 않도록 한댔지~?』

"으…… 응."

요시노의 대답을 들은 『요시농』이 시도를 향해 고개를 돌렸다.

『그런고로~. 시도 군~, 요시노에게 엉덩이 맴매해줘~!』

"뭐…… 뭐어?!"

그 말을 듣고 경악한 시도는 필사적으로 양손을 내저었다.

"무, 무무무, 무슨 소리를 하는 거야. 어, 엉덩이 맴매라는 건 어디까지나 관용구 느낌으로 쓰는 말이지, 실제로 엉덩이를 때리지는 않는다고."

『뭐~? 코토리는 실수한 칸나즈키한테 엉덩이 맴매를 하던데? 채찍으로 말이야.』

"……."

그 장면을 상상한 시도는 표정을 딱딱하게 굳혔다.

『자, 요시노. 이 상황에서 어영부영 지나가면 다음에 같은 실수를 반복하는 애가 될지도 몰라~. 그래도 괜찮아~?』

"……아, 그, 그건……."

요시노는 입술을 깨물면서 자리에서 일어나더니 근처에

있는 신목(神木)으로 보이는 나무에 양손을 댔다.

"부…… 부탁해요. 저…… 요시농과, 시도 씨에게, 더는
폐를 끼치고…… 싶지 않아요."

그리고 긴장한 듯한 목소리로 그렇게 말하면서 엉덩이를
내밀었다.

"아, 아무리 그래도……."

『시도 군이 맴매해줄 때까지 계속 이러고 있을 거야~.』

시도가 망설이자, 『요시농』이 히죽거리면서 그렇게 말했
다. 그 말을 들은 요시노도 자신의 각오를 나타내듯 굳게 고
개를 끄덕였다.

"으윽……."

저런 말까지 들은 시도는 거절할 수가 없었다. 결국 시도
는 요시노를 향해 다가간 후, 천천히 손을 들어 올렸다.

『아~, 잠깐만 기다려~.』

그리고 시도가 가능한 한 아프지 않게 때리려고 한 순간,
『요시농』이 그를 말렸다.

그 말을 들은 시도는 안도의 한숨을 내쉬었다. 아무래도
『요시농』도 시도에게 진짜로 요시노의 엉덩이를 때리게 할
생각은 없었던 것 같았다. 그저 요시노가 배짱이나 기개 같
은 것을 지니기를 바란 것 같았다.

──하지만. 다음 순간, 시도는 자신이 얼마나 낙관적인
생각을 했는지 깨닫고 말았다.

『어차피 때릴 거면 제대로 때려야지~.』

『요시농』은 그렇게 말하면서 요시노가 입은 유카타를 걸어 올려, 그녀의 자그마한 엉덩이를 노출시켰다.

게다가, 어찌 된 영문인지 요시노는 유카타 안에 속옷을 입지 않았다.

"으?!"

"……!"

시도는 무심코 눈을 치켜떴고, 요시노는 경련이 일어난 것처럼 온몸을 부들부들 떨었다.

"왜, 왜 속옷을 안 입은 거야?!"

"레, 레이네 씨가…… 유카타 안에는, 원래 아무것도 안 입는다고 했고…… 토카 씨도 안 입어서…….'"

"토, 토카도?!"

시도는 고함을 질렀지만,『요시농』은 시도의 고함을 전혀 개의치 않는 것 같았다.『요시농』은 재촉하듯 요시노의 엉덩이를 두드리면서 말했다.

『자아~, 찰싹찰싹 소리 나게 때리라구~.』

"시도…… 씨. 부끄러, 워요……. 빨리…….'"

"으윽! 하아…… 정말!"

시도는 마음속으로 이 신사의 신에게 죄송하다고 말한 후, 손을 휘둘렀다.

찰싹! 하는 경쾌한 소리가 경내에 울려 퍼졌다.

"꺄아······!"

『자아, 한 번 더!』

찰싹!

"아······!"

『마지막 한 방!』

찰싸~악!

"아앙······!"

총 세 방의 엉덩이 맴매를 맞은 요시노는 부들부들 떨면서 거친 숨을 내쉬었다. 그렇게 세게 때리지는 않았는데도, 원래 피부가 새하얀 탓에 엉덩이 부분이 빨갛게 달아올랐다.

"괘, 괜찮아? 요시노······."

"아, 예······."

시도의 말을 들은 요시노는 힘없는 목소리로 대답한 후, 허둥지둥 유카타의 끝자락을 내려 엉덩이를 가렸다.

"저기······ 감사······ 해요. 아, 앞으로는, 조심할······게 요."

"으, 응······."

영문 모를 죄책감을 느낀 시도는 볼을 긁적이면서 말했다.

확실히 요시노는 오늘 일을 반성한 것 같았다. ······뭐, 엉덩이 맴매를 당하지 않아도 반성을 했을 것 같지만 말이다.

하지만── 가라앉을 대로 가라앉은 요시노의 기분이 풀렸냐면······ 그렇지는 않은 것 같았다. 그녀의 표정에는 여

전히 유감의 빛이 어려 있었다.

신음을 흘리며 생각에 잠겨 있던 시도는 "아." 하고 짧은 탄성을 터뜨렸다.

"요시노. 요시농. 금방 돌아올 테니까 여기서 조금만 기다려줄래?"

"……? 아, 예. 알았어요…….."

『응~? 시도 군, 어디 가는 거야? 아, 진짜로 볼일 보러 가는 거야?』

"뭐, 비슷해."

시도는 요시노와 『요시농』을 향해 손을 가볍게 흔들어 준 후, 종종걸음으로 포장마차가 줄지어 있는 곳으로 향했다.

아직 사람들이 꽤 있지만, 조금 전의 폭우 때문에 돌아간 사람들이 많은 덕분에 좀 전처럼 혼잡하지는 않았다. 시도는 주위를 둘러보면서 자신이 찾는 물건이 없는지 찾아보았다.

"으음…… 역시 없나. 차라리 근처 편의점에 가는 편이……."

시도가 뒤통수를 긁적이면서 그렇게 말한 순간——.

"어이! 비겁하지 않느냐! 룰을 지키란 말이다!"

"비겁하지 않아. 총을 하나만 써야 한다는 룰은 없어. 그리고 점수 차이가 열 배 이상 나는 지금 상황에서 룰을 어길 필요성이 어디에 있어?"

"뭐, 뭐어?!"

과녁 사격 가게 쪽에서 하루가 멀다 하고 듣는 소음이 들려왔다.

고개를 돌려보니, 토카와 오리가미가 서로를 향해 코르크 총을 쏴대고 있는 모습이 눈에 들어왔다. 두 사람의 배에는 과녁이 그려진 종이가 붙어 있었고, 두 사람은 그 과녁을 향해 총을 쏘고 있었다. ……뭐랄까, 시도가 알고 있는 과녁 사격과는 룰이 꽤 다른 것 같았다.

"토카와…… 오리가미. 너희 둘, 여기서 뭐 하고 있는 거야?"

"음?"

"──시도."

시도의 목소리를 들은 토카와 오리가미가 동시에 고개를 돌렸다.

토카는 얼굴을 가리기 위해 허둥지둥 가면을 썼지만, 시도 옆에 요시노가 없다는 사실을 알고는 영문을 모르겠다는 듯이 고개를 갸웃거렸다.

"시도? 요시노는 어디 있느냐?"

"아…… 그, 근처에 있어."

시도는 떨떠름한 목소리로 그렇게 말하면서 고개를 돌렸다. 바로 그때, 토카와 오리가미의 발치에 쌓여 있는 과자와 장난감이 눈에 들어왔다.

"……그건 뭐야?"

"음? 아, 이것 말이냐. 경품이다. 엄청나지? 경품이 다 떨어졌다기에 어쩔 수 없이 직접 대결을 펼치고 있는 중이다."

"네가 딴 경품은 그렇게 많지 않아. 80%가량이 내가 딴 경품."

"뭐, 뭐어?!"

두 사람은 또 총격전(단발식인 탓에 발사된 탄환 수는 그렇게 많지 않지만)을 새개했다.

그런 두 사람을 바라보면서 쓴웃음을 지은 시도는── 토카가 딴 경품들 안에 있는 한 물건을 보곤 입을 열었다.

"저기, 토카."

"음? 왜 그러느냐?"

"부탁하고 싶은 게 있는데……."

◇

"시도 씨…… 어디 간 걸까?"

『으음~, 글쎄……. 아, 비에 젖은 요시노를 보고 끓어오른 흥분을 혼자서 처리하고 있는 거 아닐까~? 그럴 필요 없는데 말이야~. 요시노는 준비 완료 상태잖아~.』

"요, 요시농……."

『요시농』의 말을 들은 요시노는 얼굴을 새빨갛게 붉히면서 고개를 들었다.

바로 그때, 어두운 하늘이 눈에 들어왔다. ——저 하늘을 불꽃이 수놓는다면 정말 아름다울 것이라는 생각이 들었다.

"시도 씨와 같이…… 불꽃…… 보고 싶었는데……."

요시노는 하늘을 올려다보면서 혼잣말을 했다. 그리고 그 말에 응답하듯 발소리가 들렸다.

"어이, 요시노."

"아! 시도 씨……."

요시노는 어깨를 부르르 떤 후, 그를 향해 고개를 돌렸다. 그리고 "방금 한 말, 시도 씨가 못 들었겠지?"라고 묻는 듯한 시선을 곁눈질로 『요시농』에게 보내자, 퍼핏 인형은 "글쎄~."라고 말하듯 어깨를 으쓱했다.

"미안. 많이 기다렸지?"

"아뇨…… 괜찮아요. 그런데…… 어디 갔다 오신, 거예요?"

요시노가 묻자, 시도는 미소를 지으면서 들고 있던 물건을 보여주었다.

"이걸 봐."

"어린이용…… 불꽃놀이 세트. ——불꽃놀이?"

요시노는 눈을 치켜떴다. 그렇다. 시도가 들고 있는 네모난 봉투에는 그렇게 적혀 있었다.

"그래. 잠깐만 기다려."

시도는 그렇게 말하면서 비닐 포장을 뜯더니, 안에서 종이를 꼬아 만든 끈 같은 것을 꺼내 요시노에게 건넸다.

"이건……."

"뭐, 잘 봐. ……으음, 이것과 같이 빌린 요 녀석으로……."

시도는 호주머니에서 라이터를 꺼내더니, 요시노가 들고 있는 끈의 끝에 불을 붙였다.

"어……?"

요시노는 시도가 무슨 짓을 하는 것인지 처음에는 이해하지 못했지만── 잠시 후, 눈을 동그랗게 떴다.

시도가 불을 붙인 끈의 끝 부분이 동그랗게 말리더니, 낮은 소리를 내면서 오렌지색 불꽃을 피우기 시작했다.

요시노가 책에서 본 것보다는 훨씬 작은 불빛. 하지만 이것 또한 틀림없는 불꽃놀이였다.

"아름다워……."

『오~, 멋지네~.』

"그렇지? 선향 불꽃이라는 거야. 뭐…… 불꽃놀이 축제용 불꽃에 비하면 너무 작아서 재미없을지도 모르지만 말이야."

하하, 하고 시도는 웃었다. 하지만 요시노는 고개를 저었다.

"그렇지…… 않아요. 정말…… 아름다워요."

바로 그때── 시도가 왔던 방향에서 발소리가 들렸다.

"시도! 요시노!"

발소리의 주인은 토카였다. 가면으로 정체를 가리지도 않은 채, 허둥지둥 두 사람을 향해 달려왔다.

"아, 토카. 불꽃 정말 고마워. 요시노도 마음에 들어 해."

"음, 그건 정말 다행이다. ——아, 그것보다 좋은 소식이 있다. 아무래도 불꽃놀이가 재개될 것 같다!"

"예……?"

요시노가 눈을 동그랗게 뜬 순간.

삐리리리리리릿…… 하고 피리 소리 같은 것이 들리더니 ——.

커다란 소리와 함께, 하늘에 커다란 꽃이 피었다.

"오오! 시작되었구나! 그럼 나 먼저 구경하러 가마! 분명 알려줬다!"

토카는 그렇게 말한 후, 허둥지둥 어딘가를 향해 뛰어갔다. 아무래도 진짜로 그 사실을 알려주려 왔던 것 같았다.

"하하…… 정말 바쁜 녀석이라니깐."

시도는 웃음을 터뜨린 후, 요시노를 바라보았다.

"잘됐네, 요시노. 그럼 우리도 강가로 가자. 여기보다 거기가 더 잘 보일 거야."

시도는 그렇게 말하면서 몸을 일으키려 했다.

하지만 요시노는 고개를 저었다.

"여기가, 좋아요."

"뭐?"

시도는 의외라는 표정을 지었다. 요시노는 낮은 소리를

내면서 타들어 가는 선향 불꽃을 바라보면서 입을 열었다.

　"저는…… 이 불꽃이 더 좋아요."

　요시노는 볼을 새빨갛게 붉히면서 말했다.

　『요시농』의 얼굴 또한──── 불빛을 받아 붉은색으로 물들어 있었다.

코토리 버스데이

BirthdayKOTORI

DATE A LIVE ENCORE

『──이츠카 사령관님! 생일 축하드립니다!』

이츠카 코토리가 〈프락시너스〉의 함교에 들어온 순간, 고함 소리와 함께 생일 축하용 폭죽 소리가 울려 퍼졌다.

그 뒤를 이어 박수 소리가 들려오면서, 케이크가 놓여 있는 카트가 등장했다.

"……너희 말이야."

그런 가슴 따뜻한 서프라이즈 축하를 받은 코토리는 어이없다는 듯이 한숨을 내쉬었다.

검은색 리본으로 양쪽으로 나눠 묶은 머리카락과 어깨에 걸친 진홍색 재킷이 특징적인 소녀였다. 분명 이 장소에 있는 사람들 중 가장 나이가 어려 보이는데도, 그녀의 목소리에서는 사람들의 위에 서는 자 특유의 위엄이 느껴졌다.

"대낮부터 뭐 하는 거야……."

코토리의 말을 들은 승무원들은 불만 섞인 표정을 지었다.

"사령관님의 생일이라고 하는 이 중요한 날에 일 따위를 할 수야 없죠!"

"저녁에는 자택에서 파티를 하시는 걸로 알고 있기 때문에 기회는 지금밖에 없다고 생각했습니다!"

확실히 8월 3일인 오늘은 코토리의 생일이지만…… 그래도 이건 조금 심하다는 생각이 들었다.

"……뭐, 괜찮잖아. 다들 네 생일을 축하해주고 싶어 하는 것뿐이야."

왼편에 서 있는 무라사메 레이네가 그렇게 말했다. 그 말을 들은 코토리는 "으음……." 하고 우물거렸다.

"딱히 하지 말라는 건 아냐. ……그리고 기쁘지 않은 것도 아니라구."

코토리가 고개를 돌리면서 그렇게 말하자, 승무원들은 동시에 환성을 터뜨렸다.

"오오! 사령관님이 부끄러워하신다아!"

"감사합니다! 좋은 구경 시켜주셔서 정말 감사합니다!"

바로 그때, 뒤쪽에 서 있던 장신의 남자——칸나즈키가 한 걸음 앞으로 나섰다.

"사령관님, 진심으로 생일 축하드립니다. 이 경사스러운 자리에 미천하기 그지없는 저 같은 놈이 참석할 수 있다니, 정말 감격 그 자체입니다!"

칸나즈키는 눈물을 펑펑 쏟으면서 말을 이었다.

"자! 올해는 저희 모두가 힘을 합쳐 스페셜한 선물을 준비했습니다!"

"······스페셜한 선물?"

코토리가 미심쩍은 표정을 지으면서 되묻자, 다른 승무원들이 허둥지둥 칸나즈키의 입을 막았다.

"느닷없이 무슨 소리를 하는 겁니까?!"

"아직 비밀이란 말이에요!"

"아, 그, 그랬죠······."

그 말을 들은 코토리는 도끼눈으로 승무원들을 쳐다보았다.

"······너희, 대체 뭘 꾸미고 있는 거야?"

"아니, 그게····· 아하하."

승무원들은 헛웃음을 터뜨렸다.

바로 그때, 레이네가 코토리를 향해 고개를 돌렸다.

"······코토리, 선물 하니까 생각이 났는데 말이야. 신은 아직 너에게 어떤 선물을 할지 정하지 못한 것 같아. 지금이라면 네가 원하는 선물을 달라고 할 수 있을 거야. 한번 말해 보는 게 어때?"

화제를 다른 곳으로 돌리려는 듯한 느낌이 들었지만······ 계속 추궁해봤자 승무원들이 실토하지 않을 것 같다는 생각이 든 코토리는 레이네를 향해 고개를 돌렸다. 그러자 승무원들은 안도의 한숨을 내쉬었다.

"딱히 받고 싶은 게 생각 안 나."

"······그럼 물질적인 선물이 아니라, 뭔가를 해달라거나, 하게 해달라고 하는 건 어때?"

"응?"

코토리가 눈을 동그랗게 뜨자, 레이네는 손가락 하나를 세우면서 말했다.

"……예를 들어, 오늘 하루 동안 오빠에게 어리광을 부리게 해달라거나……."

"무, 무슨 소리를 하는 거야?! 딱히 그런 걸 바란 적 없다구!"

"……."

"뭐, 뭐야."

"……아무것도 아냐. 뭐, 네 뜻이 정 그렇다면야……."

레이네는 그렇게 말하면서 자기 자리로 가더니 자기 할 일을 하기 시작했다.

코토리는 잠시 동안 아무 말 없이 그녀의 등을 바라본 후, 손뼉을 치면서 말했다.

"자, 빨리 할 일들 해!"

그 말을 들은 승무원들은 허둥지둥 자신의 자리로 향했다.

"정말……."

코토리는 한숨을 내쉰 후, 앞 머리카락을 흐트러뜨리면서 중얼거렸다.

"……그런 말을 어떻게 하냐구……."

◇

"오, 오오……! 시도! 저건 뭐냐?! 혼자서 움직이는구나!"

야토가미 토카는 눈앞에 있는 쇼윈도를 손가락으로 가리키면서 흥분한 목소리로 말했다.

어두운 밤을 연상케 하는 칠흑빛 머리카락과 아름다운 얼굴. 상상을 초월할 정도로 아름다운 소녀였다.

그녀의 시선은 얇은 원반처럼 생긴 전자동 청소기를 향하고 있었다. 자동으로 움직이면서 청소를 하고 있는 그 기계는 꽤 귀엽게 움직이고 있었다.

하지만. 이츠카 시도는 한숨을 내쉰 후…… 토카의 어깨에 손을 얹었다.

"토카. 오늘 우리 목적이 뭔지 기억해?"

"음? 물론이지! 코토리에게 줄 선물을 사러 왔지 않느냐!"

토카는 고개를 끄덕이면서 말했다.

그렇다. 현재 토카는 코토리의 생일 선물을 사기 위해 텐구 역 앞에 있는 백화점에 왔다.

"맞아. 그리고 저걸 받아도 코토리는 좋아하지 않을걸? 나는 좋아하겠지만 말이야."

"그래? 그럼 시도에게 선물하마!"

"그러니까 선물을 받을 사람은 내가 아니라……."

"저기……."

시도가 토카와 그런 대화를 나누고 있을 때, 등 뒤에서 누군가의 목소리가 들렸다.

고개를 돌려보니, 밀짚모자를 쓰고 왼손에 토끼 모양 퍼 핏 인형을 낀 조그만 여자애가 서 있었다. 코토리의 선물을 함께 사러 온 소녀── 요시노였다.

"시도 씨, 이건…… 어떨까요?"

요시노는 오른손과 퍼핏 인형의 손을 이용해 상자 하나를 들어 보이면서 말했다. 그 상자 안에는 멋진 디자인의 흰색 찻잔 세트가 들어 있었다.

"흐음…… 괜찮을 것 같은데? 코토리는 홍차를 좋아하니 까 말이야."

시도의 말을 들은 요시노는 얼굴을 살짝 붉혔다.

"오오…… 저런 걸 고르면 되는 것이구나! 그렇다면 나도 ──."

고개를 끄덕이면서 매장을 향해 달려가려 하는 토카를 시 도가 막았다.

"비슷한 걸 몇 개나 주는 건 좀 그렇잖아."

"으음…… 그것도 그렇구나. 그런데 시도는 어떤 걸 선물 할 생각이냐?"

"응? 나는……."

시도는 말끝을 흐렸다.

딱히 파티 때까지 어떤 선물인지 비밀로 할 생각이라든 가, 부끄러워서 말할 수 없는 것은 아니었다. 그저 아직 뭘 선물할지 정하지 못했을 뿐이었다.

코토리가 가지고 싶어 할 만한 것이나, 받고 기뻐할 만한 것이 어떤 건지 전혀 감이 오지 않는 것은 아니었다. 하지만 생일 선물이라는 압박감이 더해지자…… 생일 당일까지도 뭘 선물할지 결정하지 못했다.

"으음……."

시도는 손으로 턱을 짚은 채, 머릿속으로 코토리를 떠올렸다. ──그러자.

"──아, 그러고 보니……."

뭔가가 생각이 난 시도는 눈을 치켜떴다.

"……코토리는?"

"방금 자택으로 돌아가셨습니다."

레이네의 말을 들은 칸나즈키가 대답했다. 그와 동시에 함교에 있는 승무원들은 마치 임전 태세에 처하기라도 한 것처럼 표정을 굳히며 자기 자리로 향했다.

그렇다. 그들의 임무는 이제부터 시작되는 것이다.

"여러분, 준비는 다 되었습니까?"

『예!』

승무원들이 일제히 대답한 순간, 함교 메인 모니터에 이츠카 가(家)가 비쳤다. 시도와 다른 이들은 열심히 파티 준비를 하고 있었다.

"자, 그럼 작전을 확인하겠습니다. 우선——."

칸나즈키는 간결하게 최종 확인을 시작했다.

그리고 작전 요강을 다 설명한 직후, 칸나즈키는 미심쩍은 표정을 지으면서 뒤쪽을 쳐다보았다.

"으음?"

"……왜 그래?"

"방금 저쪽에 누가 있지 않았습니까?"

칸나즈키의 말을 들은 승무원들이 뒤쪽을 쳐다보았다. 하지만 그곳에는 아무도 없었다.

"아무도 없는데요. 기분 탓 아니에요?"

"어라…… 이상하군요."

칸나즈키는 머리를 긁적이면서 고개를 갸웃거렸다.

"…………흐음."

레이네는 문 쪽을 쳐다보면서 턱을 짚었다.

◇

『——생일 축하해~!』

모두의 해맑은 목소리가 이츠카 가의 식탁에 울려 퍼졌다.

테이블 위에는 시도가 만든 특제 요리가 가득 놓여 있었고, 중앙에는 커다란 딸기 케이크가 놓여 있었다.

8월 3일, 목요일. 오늘은 시도의 여동생인 이츠카 코토리의 열네 살 생일이다.

안쪽 자리에 오늘의 주인공인 코토리가 앉고, 테이블의 좌우에 토카, 요시노, 시도, 그리고 레이네가 앉았다.

"이렇게 떠들썩하게 안 해도 되는데……."

코토리는 그렇게 말하면서 얼굴을 붉혔다. 하지만 기쁨을 표시하듯 몸을 배배 꼬고 있기 때문일까, 검은색 리본에 묶인 머리카락이 기쁨을 표시하듯 흔들리고 있었다.

"……축하해. 이건 〈프락시너스〉 승무원 모두가 주는 선물이야."

레이네는 네모난 상자 같은 것을 코토리에게 건넸다.

"고마워. ……이게 그 스페셜한 선물이라는 거야?"

"……글쎄."

레이네가 고개를 돌리자, 코토리는 미심쩍은 눈으로 그녀를 바라보았다.

하지만 그녀의 그런 표정은 금세 사라졌다.

"코토리! 축하한다!"

"생일 축하해요, 코토리 씨."

『콩그레츄레이션~!』

토카, 요시노, 『요시농』이 그렇게 말하면서 예쁘게 포장된 선물을 코토리에게 건넸기 때문이다.

"고, 고마워……."

코토리는 얼굴을 붉히면서 그 선물들을 받았다.

그런 그녀들을 바라보고 있던 시도는 입가에 미소를 머금었다. 그 사실을 눈치챈 코토리는 "으……." 하고 신음을 흘리면서 얼굴을 더욱 붉혔다.

"아하하…… 미안. 자. 생일 축하해, 코토리."

시도는 그렇게 말한 후, 자신이 준비한 선물을 코토리에게 건넸다.

"……일단 감사의 뜻은 표시해둘게."

"그래."

"……열어봐도 돼?"

코토리가 다른 이들을 둘러보면서 말했다. 토카와 요시노, 『요시농』이 힘차게 고개를 끄덕였다.

하지만 레이네는 코토리를 말렸다.

"……코토리. 내 선물은 우리가 돌아간 후에 열어보지 않겠어?"

"응? 딱히 상관은 없는데……."

코토리가 고개를 갸웃거리면서 들고 있던 레이네의 선물을 다시 내려놓았다.

그 모습을 본 시도도 입을 열었다.

"아…… 가능하면 내 것도 다른 애들이 돌아간 후에 열어봐 줘."

"시도도? ……두 사람, 대체 뭘 꾸미고 있는 거야?"

"아니, 딱히 뭘 꾸미는 건 아닌데……."

시도는 말끝을 흐렸다. 실은, 자신이 코토리에게 한 선물을 다른 사람들이 보는 게 조금 부끄러웠다. 살 때도 토카와 요시노를 가게 밖에서 기다리게 했을 정도다.

"흐음…… 뭐, 좋아. 그럼 토카와 요시노 것만 열어볼게."

그 말을 들은 토카가 흥분한 듯한 표정을 지으면서 테이블을 향해 상체를 내밀었다.

"시도, 이제 먹어도 되느냐?!"

그녀는 눈앞에 있는 요리를 손가락으로 가리키며 눈을 반짝였다.

"하하…… 코토리가 선물을 열어볼 때까지만 기다리자. 응?"

"으, 음! 그러하냐! ……미안하다, 코토리. 무례를 저질렀구나."

시도의 말을 들은 토카는 눈을 치켜뜬 후, 코토리를 향해 고개를 숙였다.

"괜찮아. 배고프면 먼저 먹어도 돼."

하지만 코토리가 손을 내저으면서 그렇게 말하자, 토카의 표정이 환해졌다.

"정말 괜찮겠느냐?!"

"응."

코토리가 고개를 끄덕이자, 토카는 시도를 쳐다보았다. 그는 오늘의 주인공의 말에 따를 생각인지 천천히 고개를 끄덕였다.

"오오, 그럼 잘 먹겠다!"

토카는 그렇게 외치면서 힘차게 고개를 숙였다.

그 후로 세 시간 정도 흘렀을 즈음.

식사를 끝낸 그들은 요시노와 『요시농』이 선물한 찻잔 세트로 홍차를 즐기고, 토카가 선물한 보드게임을 하면서 즐거운 시간을 보냈다. 그 후, 토카는 자신의 맨션으로, 요시노와 레이네는 〈프락시너스〉로 돌아가야 할 시간이 되었다.

"음. 그럼 내일 또 보자, 시도."

맛있는 음식을 먹고 즐겁게 논 토카는 작별 인사를 한 후, "하암……" 하고 하품을 했다.

"그래. 집에 가서 씻고 양치질 꼭 해."

"음!"

토카는 힘차게 고개를 끄덕인 후, 현관문을 열었다.

"……그럼 우리도 돌아갈게."

"오늘 정말 즐거웠어요……."

『또 봐~!』

토카의 뒤를 이어 레이네와 요시노, 『요시농』이 집 밖으로 나갔다. 코토리는 그들을 향해 손을 흔들었다.

"응, 내일 봐."

코토리와 시도를 향해 손을 흔든 그들은 천천히 현관문을 닫았다.

세 사람의 발소리가 멀어진 후, 시도는 가볍게 기지개를 켰다.

"자, 그럼 뒷정리나 할까."

그렇게 말하면서 거실로 간 시도는 테이블 위에 있는 식기를 치우기 시작했다.

바로 그때, 코토리가 소파 뒤쪽으로 몸을 숨기더니, 꼼지락거리기 시작했다.

"코토리? 뭐 하는 거야?"

"윽! 시, 신경 쓰지 마!"

"……?"

시도는 고개를 갸웃거리면서도 더는 그녀를 신경 쓰지 않았다.

잠시 후, 코토리는 몸을 일으키더니 부엌 쪽을 향해 걸음을 옮겼다. 이유는 모르겠지만 조금 전까지와는 인상이 다른 것 같은 느낌이 들었다.

"……."

코토리는 테이블 앞에 서더니 부자연스럽게 머리를 내밀었다.

그러자 그 순간, 코토리의 머리카락을 묶고 있는 검은색 리본 중 하나가 풀리면서 식기 위에 불시착했다.

"꺄앗?!"

코토리는 허둥지둥 리본을 식기에서 꺼냈다.

"아, 더러워졌어……."

"어이 어이…… 자, 줘봐."

시도는 그렇게 말하면서 손을 내밀었다. 하지만 코토리는 시도의 손이 리본에 닿기 직전, 후다닥 뒷걸음질 쳤다.

"다른 리본으로 머리 묶고 올게!"

"응? 아니, 그래도 리본에 얼룩 남기 전에 빨아야……."

"금방 돌아올 테니까 기다리고 있어!"

코토리는 시도의 말을 끝까지 듣지도 않고 복도를 내달렸다.

"뭐…… 검은색이니까 얼룩이 남아도 그렇게 눈에 띄지는 않겠지."

시도는 그렇게 말한 후, 조금 전에 느낀 위화감의 정체가 무엇인지 깨달았다. 그러고 보니 소파 뒤에서 코토리가 나왔을 때, 리본이 느슨하게 묶여 있는 것 같은 느낌이 들었던 것이다.

"아니, 설마……."

그런 생각을 하고 있을 때, 거실의 문이 힘차게 열리면서 코토리가 안으로 뛰어 들어왔다.

"오오오오빠아아아아아아!!"

──흰 리본으로 머리카락을 묶은 코토리는 평소보다 텐션이 더 높아 보였다.

표정이 밝아졌고, 말투 또한 코토리의 나이 또래에 걸맞게 변했다. 사정을 모르는 사람이 봤다면 코토리의 쌍둥이인 줄 알 레벨이었다.

"코토리……?"

시도는 눈썹을 찌푸렸지만…… 잠시 후, 그는 납득했다.

──그러고 보니 코토리는 검은색 리본을 한 쌍만 가지고 있었다.

그리고 코토리에게 있어서 『리본을 바꿔 맨다』는 행위는 단순한 패션 이상의 의미를 지니고 있었다.

하얀색 리본을 맸을 때는 나이에 걸맞은 순진무구한 코토리.

검은색 리본을 맸을 때는 〈라타토스크〉의 사령관인 강한 코토리.

코토리는 자기 자신에게 강한 마인드 세팅을 함으로써 그 어떤 가혹한 임무도 견뎌낼 수 있는 『강한 자신』을 만들어냈다.

"자, 빨리 정리하자~!"

코토리는 활기찬 목소리로 그렇게 말하면서 팔을 걷어붙이더니, 식기를 싱크대로 옮겼다.

잠시 동안 멍하니 서 있던 시도는 잠시 후, 쓴웃음을 지었다. 시도가 정령의 존재를 알게 된 후로, 코토리는 사령관 모드로 있을 때가 많아졌다. 그래서 저런 코토리의 반응이 신선해 보였다.

"오빠~? 왜 그래?"

코토리가 영문을 모르겠다는 표정을 지으며 시도를 바라보자, 그는 아무것도 아니라는 듯이 손을 흔들면서 싱크대를 향해 걸음을 옮겼다.

바로 그때, 코토리가 "아." 하고 말하면서 의자 위에 놓여 있던 레이네의 선물을 바라보았다.

"모두가 돌아간 후에 열어보라고 했지~? 이제 열어봐도 되려나~?"

"괜찮지 않을까?"

시도의 말을 들은 코토리는 호쾌하게 포장지를 뜯었다.

"뭐가 들어 있어?"

"그게 말이야…… 영화 DVD 같아."

"영화? 자작 영화인가? 『위대하신 지도자이자 희대의 혁명가 · 이츠카 코토리 동지와 우리가 걸어온 길』 같은 거?"

"그런 거 아냐~. 잘은 모르겠지만, 평범하게 시판되는 영화인 것 같아."

"흐음…… 좀 의외네."

시도는 앞치마를 걸치면서 어깨를 으쓱했다. 코토리 LOVE인 〈프락시너스〉 승무원들이라면 좀 더 특이한 것을 보냈을 거라고 생각했기 때문이다.

그런 생각을 하면서 설거지를 하고 있을 때, 텔레비전에서 낮은 소리가 흘러나왔다. 아무래도 코토리가 영화를 튼 것 같았다.

"어이, 코토리. 지금 볼 거야?"

"응~. 두 시간 정도면 끝나는 것 같거든. 생일 선물로 받은 거니까 오늘 볼래~."

"……정말, 영화 다 보면 바로 씻고 자."

"응~!"

소파에 앉은 코토리가 오른손을 번쩍 들었다. 그런 여동생을 보면서 한 번 더 어깨를 으쓱한 시도는 설거지를 재개했다.

하지만 몇 분 후.

"꺄아아아아아아아앗?!"

텔레비전 스피커에서 커다란 소리가 난 순간, 코토리는 비명을 지르면서 부리나케 부엌으로 뛰어왔다. 그리곤 시도의 옆구리를 향해 태클을 날렸다.

"커억?! 뭐, 뭐야……."

고개를 돌려보니, 코토리가 시도의 옷자락을 움켜쥔 채 부들부들 떨고 있었다.

미간을 살짝 찌푸린 시도는 텔레비전 화면을 보고서야—— 원인을 깨달았다.

텔레비전에는 무시무시하게 생긴 좀비의 모습이 나오고

있었다. 아무래도 공포 영화인 것 같았다.

그러고 보니 코토리는 원래 이런 무서운 것을 좋아하지 않았다.

"그 사람들, 코토리가 이런 걸 무서워하는 걸 모르는 건 가……? 자, 내가 끌 테니까 조금만 떨어져줘."

시도는 앞치마로 손에 묻은 물기를 닦으면서 그렇게 말했지만, 코토리는 고개를 저었다.

"으응…… 됐어. 끝까지 볼래."

"너, 공포물 안 좋아하잖아? 무리해서 안 봐도……."

"〈프락시너스〉 승무원들의 성의를 생각해서라도 안 볼 수는 없어."

코토리는 그렇게 말하면서 고개를 들었다. 그녀의 표정에서는 모두의 호의를 헛되이 할 수는 없다는 의지가 느껴졌다.

"……그래. 그럼 힘내."

"응……!"

코토리는 힘차게 고개를 끄덕인 후, 거실을 향해 걸음을 옮겼다. ……그것도, 시도의 옷자락을 움켜쥔 채.

"나, 설거지해야 하는데……."

"……으……."

코토리는 금방이라도 울음을 터뜨릴 것 같은 표정을 지었다. 그 표정을 본 시도는 한숨을 내쉰 후, 앞치마를 벗고 코토리를 따라갔다.

"……상황은 어때?"

요시노를 방으로 데려다 준 후, 〈프락시너스〉의 함교로 돌아온 레이네는 차분한 목소리로 승무원들에게 물었다.

"사령관님이 영화를 보기 시작했습니다. 꽤 무서워하고 계시네요."

"……그래도 계속 보고 있지?"

"예. 끝까지 보실 생각인 것 같습니다."

"저희의 성의를 생각해서라도 봐야 한다고 말씀하시면서……!"

"아아…… 정말 멋지세요, 사령관님……!"

승무원들은 감격에 겨운 표정을 지으며 눈가를 닦았다.

"하지만 운이 좋았어요. 저 타이밍에 리본이 풀리다니, 정말 하늘이 도운 것이 아닐까 하는 생각이 들 정도로 끝내주는 우연이군요!"

"……우연, 이라……."

"응? 왜 그러시죠?"

"……아무것도 아냐."

레이네는 자기 자리에 앉은 후, 메인 모니터에 비친 코토리와 시도를 바라보았다.

"……코토리도 때로는 어리광 정도는 부려도 되겠지."

그렇게 말한 레이네는 콘솔을 조작해 모니터에 복잡한 배선도를 띄웠다.

"……두 시간 후, 제2단계 작전을 실행하겠어. 준비에 착수해줘."

『라져!』

레이네의 말을 들은 승무원들이 힘차게 대답했다.

참고로 원래 지휘를 맡아야 하는 부사령관·칸나즈키는 ——.

"아아, 저런 표정을 짓는 사령관님도 정말 멋집니다! 하지만 고압적인 사령관님도……!"

——같은 소리를 하면서 흥분하고 있었다.

그 후 두 시간 동안 시도는 정말 고생했다.

그것도 그럴 것이, 괴물 같은 게 나올 때는 물론이고, 전화벨이 울릴 때마다 코토리는 비명을 지르면서 시도의 소매를 잡아당기거나, 시도의 옆구리에 얼굴을 묻었기 때문이다. 영화가 끝나갈 즈음, 시도가 입고 있는 옷의 소매는 늘어날 대로 늘어나 있었다.

"하아…… 하아……."

코토리는 눈을 새빨갛게 붉힌 채 어깨를 들썩이고 있었다. 옆에 있는 시도도 알 수 있을 만큼 그녀의 심장은 빠르게 뛰고 있었고, 그녀의 온몸은 땀에 흠뻑 젖어 있었다.

"자, 영화 끝났어. 이제 무서워 안 해도 돼."

"으, 응……."

코토리는 크게 숨을 쉰 후, 드디어 시도에게서 떨어졌다.

하지만── 바로 그 순간.

"어……?!"

갑자기 거실 형광등이 꺼지면서, 엄청난 크기의 비명 소리가 들려왔다.

"꺄아아아아아아아앗────!!"

"우, 우왓! 지, 진정해, 코토리!"

느닷없이 불이 꺼진 탓에 놀란 듯한 코토리는 시도의 품에 안기면서 비명을 질렀다.

시도는 코토리의 등을 쓰다듬어주면서 그녀를 진정시킨 후, 핸드폰에 달린 라이트를 켰다.

"차단기라도 내려갔나……? 보고 올 테니까 여기서 기다……."

"못 기다려!"

코토리는 비명에 가까운 목소리로 그렇게 말하면서 시도를 꼭 끌어안았다.

"어쩔 수 없지……. 그럼 같이 가자."

"으, 응……."

시도가 몸을 일으키자, 코토리가 그의 손을 꼭 잡았다.

약한 핸드폰 불빛에 의지해 두 사람은 복도에 있는 차단기 쪽으로 향했다.

그런데…….

"어…… 차단기, 안 내려갔잖아. 혹시 정전인가……?"

"뭐? 뭐어……?!"

차단기를 올리면 해결될 거라고 생각한 듯한 코토리의 표정이 더 나빠졌다.

"그, 그럼 어떻게 할 거야……?"

"뭐…… 복구될 때까지는 이렇게 있어야겠지."

시도의 말을 들은 코토리는 눈을 치켜떴다.

"무…… 무리……! 절대 무리야!"

코토리가 그렇게 말해도 어찌할 방법이 없었다. 시도는 난처한 표정을 지으면서 머리를 긁적였다.

하지만 갓난아기처럼 부들부들 떨고 있던 코토리는 좋은 생각이 난 것처럼 얼굴을 치켜들었다.

"그, 그래! 오빠, 〈프락시너스〉에 가자!"

"아, 그래. 그러면 되겠네."

시도의 대답을 끝까지 듣지도 않은 채, 코토리는 인터컴을 꺼내 귀에 꽂았다.

"──여, 여보세요?! 저, 저는 이츠카 코토리예요. 무라사메 씨 댁 맞나요?!"

약간 정신 착란 상태에 빠진 듯한 코토리는 인터컴을 향해 말했다.

"아, 레이네! 빨리 우리를 〈프락시너스로〉로—— 어?"

하지만 코토리는 말을 도중에 멈춘 후, 시도를 올려다보았다.

"오…… 오빠아아아아아아……."

"왜, 왜 그래?"

"저, 저기 말이야. ……전송 장치의 상태가 안 좋아서…… 내일 아침까지는 쓸 수 없대……."

"뭐? 정말?"

시도는 미간을 찌푸리면서 말했다. 조금 전에 레이네가 사용했었는데…… 혹시 레이네가 사용한 직후에 상태가 나빠진 걸까.

뭐가 어떻게 된 건지는 모르겠지만, 이곳에서 공중함으로 이동할 방법은 전송 장치뿐이다. 그러니 포기할 수밖에 없었다.

"……일단 거실로 돌아가자."

"으…… 응……."

코토리는 불안 섞인 목소리로 그렇게 말한 후, 시도의 손을 잡은 채 그의 뒤를 따랐다. 시도는 신중한 걸음걸이로 어두운 복도를 걸었다.

두 사람이 거실 입구에 도착했을 즈음, 코토리가 갑자기 걸음을 멈췄다.

"어? 코토리, 왜 그래? 안 들어갈 거야?"

"으음…… 그게……."

코토리는 잠시 동안 우물쭈물한 후, 고개를 푹 숙인 채 몸을 배배 꼬았다.

"화, 화장실…… 가고 싶어……."

"뭐? 아, 그래? 그럼 갔다 와."

그런 이야기를 굳이 할 필요는 없는데…… 라고 시도가 생각하고 있을 때, 코토리는 목이 부러지지는 않을지 걱정이 될 정도로 힘차게 고개를 저었다.

"어, 어떻게 가냐구……!"

"아니, 그렇다고 내일 아침까지 참을 수도 없잖아……."

"으…… 으으으으……."

코토리는 눈썹을 잔뜩 찌푸린 채 시도의 얼굴을 올려다보았다. 그리고 칠흑 같은 복도를 쳐다본 후, 역시 무리! 라고 말하는 듯한 표정을 지었다.

"요, 요강 가져와……! 거기다 볼일 볼래애애애앳!"

"바, 바보! 우리 집에 그런 게 있을 리가 없잖아!"

"그, 그럼 기저귀 줘……! 도와줘 매직 팬티~!"

"마, 말도 안 되는 소리——."

시도가 그렇게 말한 순간, 딩동~ 하고 현관벨 소리가 들렸다.

"히익……?!"

코토리는 온몸을 부르르 떨면서 시도에게 와락 안겼다. 그리고 고개를 푹 숙인 채 기어들어가는 목소리로 말했다.

"으, 으으…… 쬐, 쬐금 지렸……."

"뭐?"

"아, 아무것도 아냐!"

코토리의 반응이 신경 쓰였지만, 우리 집을 찾아준 손님을 방치해둘 수는 없었다. 시도는 코토리를 데리고 현관을 향해 걸음을 옮겼다.

"저기, 누구시……."

현관문을 열어보니, 모자를 깊게 눌러쓰고 양손에 커다란 종이 상자를 든 장신의 남자가 서 있었다.

"안녕하세요. 택배입니다."

"예? 이렇게 늦은 시간……에요?"

"예! 꼭 필요하신 물건일 것 같아서요!"

그 말을 들은 시도는 고개를 갸웃거렸다. 귀에 익은 목소리였기 때문이다.

"당신, 혹시 칸나즈키 씨——."

"그, 그럼 여기 두고 가겠습니다!"

"아, 잠깐만요. 사인을 해야……."

하지만 그 남자는 시도의 말을 끝까지 듣지도 않고 도망치듯 밖으로 뛰쳐나갔다.

"뭐, 뭐야……?"

시도는 잠시 동안 닫힌 현관을 멍하니 바라본 후, 바닥에 놓여 있는 종이 상자를 쳐다보았다.

상자를 복도로 옮긴 시도는 테이프를 뜯은 후, 상자를 열어보았다.

그 안에는 오리 모양 유아용 요강과 종이 기저귀가 들어 있었다.

"으음, 이건……."

"아! 오빠, 그거 줘봐!"

코토리는 갑자기 그렇게 외치면서 요강을 상자 안에서 꺼내더니, 다리를 벌리고 그 위에 앉으려고 했다.

"자, 잠깐만! 그런 짓을 했다간 진짜로 끝이라고!"

"하, 하지만 이제 한계란 말이야……!"

코토리는 절박한 목소리로 그렇게 외친 후, 아랫배를 움켜잡았다. 그 모습을 본 시도는 낮은 한숨을 내쉬었다.

"알았어. 내가 같이 가줄게."

그 말을 들은 코토리는 잠시 동안 망설인 후, 고개를 끄덕였다.

"응……. 고마워, 오빠."

코토리는 그렇게 말하면서 시도와 맞잡은 손에 힘을 주었다.

"으음……."

시도는 낮은 신음을 흘렸다. 뭐랄까…… 요즘 들어 계속 자신을 꾸짖어대던 코토리가 이렇게 자신에게 의지해준다는 사실이 묘하게 기뻤다.

시도는 오빠 파워를 증폭시키면서 화장실 쪽으로 향했다.

"자, 나는 여기서 기다릴게."

"응······."

코토리는 고개를 끄덕인 후, 겁먹은 것처럼 움찔움찔하면서 화장실 문을 열었다.

"히익······!"

그리고 어둠에 뒤덮인 공간을 본 순간, 숨을 삼키며 뒷걸음질 쳤다.

뭐, 솔직히 말해 그녀의 마음이 이해가 되지 않는 것은 아니다. 시도도 어둠에 뒤덮인 화장실을 보고 약간 움찔했을 정도기 때문이다. 흰 리본을 한 코토리가 저런 반응을 보이는 것도 무리는 아니었다.

"무리야······. 무서워······!"

"······그럼 어떻게 할 건데? 이대로 있다간 실례할지도 모르잖아."

"으으······."

잠시 동안 신음을 흘리던 코토리는 좋은 생각이 났는지 환한 목소리로 말했다.

"오, 오빠도 같이 들어가자!"

"뭐······ 뭐어?"

그 제안을 들은 시도는 어이없다는 표정을 지었다.

"무, 무슨 소리를 하는 거야. 아무리 그래도——."

"그럼 요강에다 볼일 볼래! 아니면 그냥 실례해버릴 거야! 각오 완료!"

"그딴 각오 하지 말라고!"

"이제 한계! 진짜로 싸겠어!"

"하아, 정말…… 알았다, 알았어!"

아무리 그래도 열네 살이나 먹은 여동생이 그런 돌이킬 수 없는 짓을 하게 할 수는 없었다. 그렇게 생각한 시도는 코토리와 함께 화장실 안으로 들어갔다.

"오빠는 뒤돌아서 있어……."

"으, 응……."

시도는 코토리가 시키는 대로 뒤돌아섰다. 그러자 코토리는 시도의 등 뒤에서 꼼지락거리기 시작했다. 옷깃 스치는 소리가 들려온 순간, 시도의 가슴은 크게 뛰었다.

"저기, 오빠……. 귀 막아줄래……?"

"윽! 미, 미안……."

그 말을 들은 시도는 허둥지둥 양손으로 귀를 막았다. 그러자 코토리는 양손으로 시도의 몸을 꼭 끌어안았다.

……왠지 해서는 안 되는 짓을 하고 있는 것 같은 느낌이 든 시도의 가슴은 미친 듯이 뛰었다. 비도덕적인 행위를 하고 있다는 생각에서 비롯된 탐욕적인 감각이 폐부를 가득 채운 후, 뜨거운 숨결이 되어 입과 코를 통해 흘러나왔다.

잠시 후, 포옹을 푼 코토리는 시도의 등을 손가락으로 톡톡 두드렸다.

"볼일 다 봤어. ……고마워."

"아…… 응."

시도는 그렇게 말한 후, 코토리와 함께 화장실에서 나왔다.

일단 급한 문제가 해결되자 시도는 안도의 한숨을 내쉬었다.

하지만 다음 문제가 바로—— 화장실에서 나오고 몇 분이 채 흐르기도 전에 발생했다.

"으음…… 이래서야 아무것도 못 할 테니, 오늘은 일찍 자자."

시도의 말을 들은 코토리는 "으……." 하고 불만 섞인 목소리를 냈다.

"왜 그래?"

"그게…… 아직 목욕도 안 했구……."

전자 기기인 급탕기는 작동이 안 되겠지만, 미리 욕조에 받아놓은 뜨거운 물은 시간이 그렇게 지나지 않았으니 꽤 따뜻할 것이다. 하지만…….

"……욕실 안도 어두컴컴할 텐데? 들어갈 수 있겠어?"

"으…… 하지만, 몸이 끈적끈적한데……."

"뭐, 그렇게 난리를 쳤으니……."

시도의 말을 들은 코토리는 "으으……." 하고 신음하며 입술을 삐죽 내밀었다.

"저, 저기, 오빠……."

"왜? 포기했어?"

"미, 미안한데, 나, 나랑 같이 목욕해주면……."

"어이 어이 어이."

확실히 옛날에는 항상 같이 목욕했었지만, 2차 성징을 맞
이한 여동생과 함께 목욕하는 것은 여러모로 무리였다. 그
렇게 생각한 시도는 손을 내저었다.

그러자 코토리는 시도에게 찰싹 달라붙은 채 애원했다.

"오빠~ 내 평생의 소원이야~. 같이 목욕하자~ 응?"

코토리는 눈물이 한껏 맺힌 얼굴로 시도를 올려다보면서
그렇게 말했다. 그 말을 들은 시도는 작게 한숨을 내쉬었다.

"아, 아무리 그래도……."

"어두워서 아무것도 안 보일 테니 걱정하지 마! 그리고 우
리는 남매잖아!"

"으음……."

"오오오오빠아아아아아~."

"아, 알았어. 목욕 같이 해줄 테니까 떨어져!"

코토리의 맹공을 견디다 못한 시도는 결국 그녀의 뜻에
따르기로 했다. 시도가 양손을 들면서 항복 표시를 한 후에
야, 코토리는 시도에게서 떨어졌다.

"정말…… 오늘만 특별히 같이 해주는 거야."

그렇게 말한 시도는 코토리를 데리고 탈의실로 향했다.

그리고 목욕 수건과 갈아입을 옷을 준비한 후, 옷을 벗으려고 했다.

"으……."

하지만 용기가 나지 않았다. 아무리 남매라고는 해도, 나이가 다 찬 남녀가 함께 목욕을 해도 되는 것일까…….

만약 코토리가 이 일을 다른 사람들에게 떠벌리고 다닌다면, 시도는 사회적으로 말살당하고 말 것이다. 친구는 물론이고 부모님에게도 말하지 못하게 해야 하리라.

시도가 그런 생각을 하고 있을 때, 뒤쪽에서 옷 벗는 소리가 들렸다. 아무래도 코토리는 목욕 준비를 시작한 것 같았다. 그 소리를 듣고 허둥지둥 옷을 벗은 시도는 세탁물을 넣어두는 바구니에 자신의 옷을 집어넣었다.

"오빠…… 준비 다 됐어?"

"그, 그래……."

탈의실 안으로는 빛 한 점 들어오지 않았다. 눈이 어둠에 익숙해졌다고 해도, 시도의 눈에는 코토리의 윤곽만 겨우 보였다. 하지만 눈앞에 있는 여동생이 실오라기 하나 걸치지 않은 상태라고 생각하니 더욱더 긴장되었다.

"오빠……?"

"아…… 미안. 들어가자."

시도는 욕실 안으로 들어간 후, 욕조 뚜껑을 열고 안에 들어갔다.

원래라면 몸과 머리카락을 씻고 들어가는 것이 매너겠지만, 상황이 상황이었다. 게다가 자기 집 욕실에서 그렇게 세세한 것까지 따질 필요는 없을 것이다.

그러자 시도의 뒤를 따르듯 코토리도 욕조 안으로 들어왔다. 시도와 마주 보고 앉은 그녀는 양손으로 무릎을 끌어안았다. 두 사람이 같이 욕조에 들어가자 물이 밖으로 흘러넘쳤다.

"아…… 기분 좋네."

"으, 응……. 이렇게 몸을 따뜻한 물에 담그고 있으니, 마음이 좀 진정되는 것 같아……."

시도와 코토리는 서로의 무릎을 맞댄 채 대화를 나눴다. 하지만 공포가 가신 자리를 부끄러움이 가득 채운 탓일까, 두 사람은 다시 입을 다물었다.

"……"

그 후로 어느 정도 시간이 흘렀을까. 코토리는 각오가 서린 듯한 목소리로 말했다.

"저, 저기…… 오빠. 이 욕조, 좀…… 좁지 않아?"

"응? 뭐, 이 욕조는 1인용이잖아. 아, 좁아서 힘들면 나 먼저 나갈——."

"그, 그게 아니라!"

바로 그때, 물 튀는 소리가 들렸다. 아무래도 코토리가 물 안에서 손을 내저은 것 같았다.

"저기…… 그쪽으로 가도 되나 싶어서……."

"뭐?"

시도가 고개를 갸웃거리자, 코토리는 그의 대답도 듣지 않고 몸을 일으켰다. 그리고 뒤돌아선 그녀는 다시 욕조에 몸을 담갔다.

그러자, 코토리는 시도 위에 앉은 듯한 자세가 되었다.

"으윽……?!"

다리, 배, 가슴을 통해 코토리의 부드러운 피부가 느껴졌다. 코토리가 느닷없이 그런 행동을 취하자, 시도는 몸을 딱딱하게 굳혔다.

……솔직하게 말해 방심했다. "같이 목욕하자."라고 말하기는 했지만, 남매로서 오랜 시간 동안 같이 살아왔으니, 아무런 문제도 발생하지 않을 거라고 마음 한편으로 생각했다.

하지만, 이건 위험하다. 진짜로 위험하다. 지금 시도 위에 앉아 있는 이는 손이 많이 가는 귀여운 여동생의 무게가 아니라, 요염한 색기를 온몸에 두른 한 사람의 여성이었다.

하지만 지금 자제심을 잃어버리면 시도는 돌이킬 수 없는 상황에 처하고 말 것이다. 부모님이 해외 출장을 끝내고 돌아왔을 때, 새로운 가족을 소개하게 될지도 모른다.

하지만 코토리는 그런 시도의 생각을 전혀 눈치채지 못한 듯, 배시시 웃었다.

"에헤헤…… 뭐야. 오빠도 무서운 거야?"

"으, 응……?"

"숨길 필요 없어. 심장 뛰는 소리가 여기까지 들린다구."

그렇게 말하면서 코토리는 더욱 시도에게 몸을 맡겼다.

——지금 무서운 건 바로 당신입니다요! 시도는 마음속으로 그렇게 외쳤다.

더는 한계였다. 한시라도 빨리 코토리에게서 떨어져야 했다.

하지만 지금의 코토리는 겁쟁이 모드다. 쉽게 시도에게서 떨어지지 않을 것이다.

"아…… 그래."

바로 그때, 좋은 생각이 난 시도는 손으로 입을 가린 후, 잠시 동안 아무 말도 하지 않았다.

그러자, 코토리는 고개를 갸웃거리면서 시도에게 말했다.

"오빠? 왜 그래……?"

그런 코토리를 향해 시도는 말했다. ——가능한 한 낮고, 공포스러운 목소리로.

"후, 후후……. 나는 네 오빠가 아냐……."

"히익……?!"

코토리는 숨을 삼키면서 온몸을 부르르 떨었다.

그렇다. 코토리가 시도에게서 떨어지지 않는다면, 코토리가 시도를 무서워하게 만들면 된다.

"오, 오빠?!"

"이 몸은 이제 내 거야……."

"아, 안 돼……!"

"코토리, 좋은 냄새가 나네……. 맛있을 것 같아……."

"꺄, 꺄아아앗! 꺄아아아앗!"

코토리는 비명을 지르면서 손발을 버둥거렸다. 그리고 시도에게서 도망치듯 몸을 일으켰다.

좋아…… 라고 생각한 시도는 주먹을 말아 쥐었다. 예상했던 대로다. 이제 코토리가 탈의실로 도망치기만 하면――.

하지만.

"오빠! 오빠아아아아아아아아~!"

코토리는 갑자기 뒤돌아서더니 욕조 안으로 들어오려고 했다. 게다가 당황한 탓에 미끄러진 그녀는 시도를 향해 그대로 쓰러졌다.

"……?!"

시도는 자신의 안면을 통해 약간 부드러우면서 따뜻한 물체의 감촉을 느낀 순간―― 비명을 질렀다. 그 비명을 듣고 놀란 코토리는 절규를 터뜨렸다.

"꺄아――――!"

"꺄아――――!"

……그 후 잠시 동안, 욕실 안은 두 사람의 절규로 가득 찼다.

"괘, 괜찮아……? 코토리……."

"으, 응……. 오빠는……?"

"나, 나도 괜찮아……."

겨우 진정한 후 잠옷으로 갈아입은 시도는 욕조에 찧은 뒤통수를 만지작거리면서 말했다.

꽤 대미지를 받기는 했지만, 최악의 사태만은 피했다. 오빠지만 사랑만 있으면 상관없지 않으니까 잘 된 일이리라.

핸드폰 화면을 보니 어느새 밤 열한 시가 지나 있었다.

"이도 닦았으니 이제 슬슬 자자."

"응…… 알았어……."

코토리는 고개를 끄덕인 후, 자연스럽게 시도의 손을 잡았다. 조금 전 일 때문에 시도는 가슴이 뛰었지만…… 오라버니로서의 자존심을 지키기 위해 아무렇지 않은 척했다.

시도가 방으로 향하려 하자, 코토리가 그의 손을 움켜잡았다.

……뭐, 오늘 있었던 일들을 통해 코토리가 왜 이러는지 얼추 상상이 되었지만, 일단 확인 삼아 물어보았다.

"코토리, 왜 그래?"

"……오늘, 같이 자도 돼?"

"……그 말 할 줄 알았어."

시도는 낮은 목소리로 그렇게 중얼거린 후, 한숨을 내쉬면서 고개를 끄덕였다.

"좋아. 오늘만 특별히 같이 자줄게."

"정말?! 만세!"

코토리는 밝은 목소리로 외쳤다.

뭐, 같이 목욕하는 것에 비하면 이 정도는 별것 아닐 것이다. 코토리의 방으로 간 두 사람은 코토리의 베개를 챙긴 후 시도의 방으로 향했다. 그리고 핸드폰을 침대 옆에 있는 테이블에 둔 후 침대 안으로 들어갔다.

"코토리. 떨어지지 않게 조심해."

"응!"

코토리는 베개를 옆에 놓더니 시도 옆에 누웠다. 시도는 코토리의 머리를 쓰다듬어준 후, 이불을 덮고 누웠다.

"잘 자, 코토리."

"응…… 잘 자, 오빠."

코토리는 자그마한 목소리로 말했다. 그녀의 표정은 보이지 않지만, 왠지 미소 짓고 있는 것 같은 느낌이 들었다.

지쳤기 때문일까, 시도는 그 후로 10분도 채 지나기 전에 잠들었다.

그 직전.

"오늘…… 정말 고마웠어. ──사랑해, 오빠."

그 말과 함께 볼에서 부드러운 감촉이 느껴진 듯 했지만…… 시도는 그것이 꿈속에서 있었던 일인지 현실에서 있었던 일인지 구분을 할 수 없었다.

◇

〈프락시너스〉함교의 메인 모니터에는 한 침대에 사이좋게 누워 잠을 자는 시도와 코토리의 모습이 떠올라 있었다.

승무원들은 그 모습을 보면서 고개를 끄덕이거나, 박수를 치거나, 감동의 눈물을 흘리고 있었다. 그중 한 명은 "왜 화장실과 욕실의 영상이 안 나오는 겁니까아아아아앗!"이라고 외쳤지만, 그냥 무시해도 별문제 없을 것이다.

아무튼, 선물은 무사히 코토리에게 전달된 것 같았다. 레이네는 모니터를 바라보면서 낮은 목소리로 말했다.

"……해피 버스데이, 코토리."

◇

"이얍!"

"가오……?!"

다음 날 아침. 창문을 통해 흘러들어오는 아침 햇살과 함께 복부에서 날카로운 충격이 느껴진 순간, 시도는 무심코 괴성을 지르며 몸을 굽혔다.

"흥, 가오? 공구를 무기 삼아 싸우는 용자왕이야?"

고압적인 목소리가 들려왔다. 고개를 들어보니, 이미 옷을 갈아입은 코토리가 입에 막대사탕을 문 채 시도를 내려다보고 있었다.

──참고로 그녀는 검은색 리본으로 머리카락을 묶었다.

"코토리…… 그건……."

어젯밤에 정전이 된 탓에 더러워진 검은색 리본을 빨지 못했는데…….

"아."

바로 그 순간, 시도는 눈치챘다.

그 검은색 리본은 코토리가 5년 동안 쓴 걸로 보이지 않을 만큼, 새것처럼 깨끗했다.

"그건…… 내가 어제 선물한 거구나."

그렇다. 현재 코토리의 머리카락을 묶고 있는 것은 어제 시도가 그녀에게 선물한 검은색 리본이었다.

원래 코토리가 머리카락을 묶을 때 쓰는 검은색 리본은 시도가 5년 전에 선물한 것이다. 소중하게 여겨주기는 했지만 세월이 세월인 만큼 꽤 낡고 말았다. 천 자체가 낡았고, 가장자리 부분의 실밥도 터지기 시작했다.

보다 못한 시도는 똑같은 리본을 사서 코토리에게 선물했다.

"뭐, 시도치고는 꽤 센스 있는 선물이었어. 칭찬해줄게."

시도의 배 위에 서 있던 코토리는 그렇게 말하면서 바닥으로 내려왔다.

"그, 그래……."

시도는 욱신거리는 명치를 손으로 매만지면서 천천히 몸을 일으켰다.

"그런데…… 일찍 일어났으면서 왜 나는 안 깨운 거야? 내가 준 선물 확인하기 전에 깨워줬어도 됐잖아……."

"흥, 자기 힘으로 일어나지 못한 시도 잘못이야. ——그리고 선물은 어제 확인했어. 생일 선물을 생일 다음 날 열어본다고 하는 무례한 짓을 내가 할 것 같아?"

코토리는 어제와는 전혀 다른 말투로 말했다. 시도는 어제 봤던 귀여운 여동생을 그리워하며 한숨을 내쉬었다.

"하아. 어제는 오빠~ 오빠~ 하면서 그렇게 울먹거렸으면서……."

"마하 정권 찌르기!"

"우갸악?!"

온몸의 관절을 통해 만들어낸 가속이 실린 펀치가 시도의 복부에 작렬했다. 그 펀치를 맞은 시도는 그대로 무너지듯 주저앉았다.

"빨리 일어나. ——간단한 아침 식사도 준비해뒀어."

"뭐?"

시도는 눈을 치켜떴다. 코토리는 요리를 잘하는 편이 아닌데…….

"정말 드문 일이네. 웬일이야?"

"……일찍 일어난 김에 변덕 한번 부려본 거야. 그리고 맛은 보증 못 해."

"그래도 괜찮아. 고마워."

"……흥."

코토리는 그렇게 말한 후, 막대사탕의 막대 부분을 빙글빙글 돌리면서 방에서 나갔다.

"……응?"

바로 그때, 시도는 고개를 갸웃거렸다.

조금 전 코토리가 한 말 중에서 신경 쓰이는 부분이 있었기 때문이다.

생일 선물은 어제 확인했다…… 분명 코토리는 그렇게 말했다.

하지만 정전이 된 후, 코토리는 계속 시도와 함께 있었다.

코토리가 혼자가 될 수 있는 것은 시도가 잠든 후 수십여 분 동안뿐이다. ……그리고 그것은 코토리가 혼자서 어두컴컴한 집 안을 돌아다녔다는 것을 뜻했다.

만약 그게 가능했다면, 화장실이나 욕실에도 혼자 들어갈 수…….

"아니…… 말도 안 돼."

시도는 어깨를 으쓱했다. 그렇게 어둠을 무서워했던 코토리가 칠흑 같은 어둠에 뒤덮인 집 안을 돌아다닐 수 있을 리가 없다. 분명 옆에 있는 시도의 눈을 피해 재빨리 내용물만 확인했으리라.

"――시도! 빨리 와!"

"어이쿠……."

계단 아래쪽에서 여동생님의 무시무시한 목소리가 들려오자, 시도는 허둥지둥 방 밖으로 뛰쳐나갔다.

야마이 런치타임

LunchtimeYAMAI

DATE A LIVE ENCORE

9월 1일. 여름 방학이 끝나고 맞이한 2학기 첫날.

시끌벅적한 점심시간이 되자, 이츠카 시도는 교실에서 나와 가까운 계단을 내려갔다.

"크크…… 영광으로 알 거라, 시도여. 구풍(颶風)의 왕녀·야마이의 일용할 양식을 제공하는 것이니까 말이다."

"감사. 안내해주셔서 고마워요."

등 뒤에서 그런 말들이 들려오자, 시도는 한숨을 내쉬면서 뒤를 돌아보았다.

그의 등 뒤에는 얼굴이 똑같이 생긴 교복 차림의 소녀 두 명이 서 있었다.

머리카락을 하나로 모아 묶은 호리호리한 체구의 소녀는 잘난 척하는 듯한 표정을 지었고, 머리카락을 길게 땋고 모델 같은 몸매를 지닌 소녀는 고개를 숙였다.

야마이 카구야와 야마이 유즈루. 두 달 전, 시도에게 힘을 봉인당한 쌍둥이 정령들이었다.

"아니, 나야말로 미안해. 따지자면 이건 우리 쪽의 연락

미스잖아."

"미안해할 필요 없다. 이 몸은 오늘 관용이 넘치거든. 그
것도 그럴 것이 유즈루와 한 반이 되었지 않느냐. 너무나도
귀여운 유즈루에게 나쁜 벌레가 들러붙지 않도록 지켜줄 수
있겠구나."

"안도. 유즈루도 안심했어요. 카구야 같은 초절정 미소녀
를 굶주린 늑대들이 가만히 둘 리 없으니까요. 상상만 해도
소름이 돋을 지경이에요."

"……에헤헤~. 유즈루가 더 귀엽다구~."

"부정. 카구야가 훨씬 더 귀여워요."

"에잇~, 유~즈~루~."

"반격. 카~구~야~."

그런 대화를 나누면서 볼을 붉힌 카구야와 유즈루는 서로
의 손을 맞잡았다. 옆에서 보고 있는 시도조차 부끄러울 정
도로 이 쌍둥이 자매는 사이가 좋았다.

오늘부로, 야마이 자매는 라이젠 고교 2학년 3반으로 전
학을 왔다.

처음에는 시도와 같은 반으로 전학할 예정이었지만, 이
두 사람이 같이 있으면 정신 상태가 충분히 안정된다는 데
이터에 근거해 옆 반으로 배정되었다.

뭐, 거기까지는 괜찮다. 이 두 사람은 「2학기에 전학 올
학생」이라는 신분으로 수학여행에 참가했으니까 말이다. 어

느 정도 예상한 일이었다.

하지만 두 사람이 전학 오는 날을 시도는 사전에 알지 못했다.

즉—— 야마이 자매 몫의 도시락을 준비하지 못한 것이다.

그래서 시도와 야마이 자매는 1층에 있는 매점으로 향하고 있었다.

"거의 다 왔어. 잠시 후면—— 아."

시도는 걸음을 멈췄다. 아는 소녀가 눈에 들어왔기 때문이다.

어깨 근처까지 기른 머리카락을 머리핀으로 고정한, 인형을 연상케 하는 소녀였다. 그녀는 빵과 자그마한 우유 팩이 들어 있는 비닐봉지를 들고 있었다.

"오리가미잖아. 너도 오늘 점심은 매점 빵인 거야?"

시도의 말을 들은 소녀—— 토비이치 오리가미는 고개를 끄덕였다.

"바빠서 도시락을 못 준비했을 때는 그렇게 해. 시도도 오늘 점심은 빵인 거야?"

"아니. 내가 아니라 카구야와 유즈루가 먹을 빵을 사러 가는 거야."

"그래."

오리가미는 그렇게 말한 후, 계단을 올라갔다.

"납득. 마스터 오리가미도 이용하는 곳이라니, 꽤 기대해도 될 것 같군요."

유즈루는 오리가미의 등을 바라보면서 고개를 끄덕였다. 그러고 보니 유즈루는 수학여행 때부터 오리가미를 스승^{마스터}이라고 불렀다.

"뭐…… 빵에 따라 다를 거야."

시도는 쓴웃음을 지으며 그렇게 말한 후, 계단을 내려갔다.

그리고 잠시 동안 걸음을 옮기자, 앞쪽에서 기묘한 열기가 느껴졌다.

"호오? 무엇을 하고 있는 게냐……?"

시도의 뒤에 서 있던 카구야가 미심쩍은 목소리로 말했다.

하지만 그녀가 그런 반응을 보이는 것도 무리는 아니었다. 그것도 그럴 것이 1층 · 매점 앞은 현재, 수도 없이 많은 학생들이 모여 연말연시 바겐세일 중인 백화점이나 아침 출근 러시 때의 지옥철 같은 양상을 띠고 있으니까 말이다.

"크로켓빵 하나! 그리도 나도 딸기 우유!", "우왓, 옷 잡아당기지 마!", "좋은 카레빵은 내 입안으로 들어가는 카레빵뿐이다!", "무슨 수를 써서라도 확보해!", "의무병! 의무벼어어어엉!", "젠장, 왜 이딴 빵 때문에!"

고함이 난무했고, 비명이 터져 나왔으며, 절규가 고막을 때렸다.

매점을 이용하려는 학생은 수도 없이 많은 데 반해, 매점을 운영하고 있는 사람은 아주머니 한 명뿐이었다. 이런 언

밸런스한 비율이 자아낸 처절한 전장이 눈앞에 펼쳐져 있었다.

"으윽, 역시 늦었네. 좀 기다려야 빵을 살 수 있겠는걸."

시도는 머리를 긁적이면서 말했다.

시도도 1학년 때 매점을 몇 번 이용해본 적이 있어서 알고 있다. 스타트 대시에 실패하면 이 전장에 휘말릴 수밖에 없다는 사실을 말이다.

하지만. 카구야와 유즈루는 전장을 방불케 하는 매점 앞의 상황을 보면서 입술 가장자리를 말아 올렸다.

"오오, 이 몸의 피를 꽤나 끓어오르게 만들어주는구나. 이빨 뽑힌 가축 같은 녀석들만 모여 있는 줄 알았더니, 투쟁 본능을 몸속에 감추고 있었던 게냐. 크큭, 흥분되는구나. 안 그러느냐? 유즈루."

"흥분. 나쁘지 않아요. 두 달 전부터 시작된 생활은 정말 쾌적하지만, 그만큼 몸이 둔해져 가는 것이 느껴지던 참이었어요."

카구야와 유즈루는 시선을 교환한 후, 한 걸음 내디뎠다.

"어, 어이……."

"걱정하지 말거라, 시도. 빵을 고른 후, 가게 안쪽에 있는 주인에게 돈만 건네면 되지 않느냐?"

"수긍. 그 정도는 식은 죽 먹기예요. 유즈루와 카구야에게 불가능은 없어요."

카구야와 유즈루는 그렇게 말한 후, 동시에 몸을 날렸다.

그리고 전장 가장자리에 도착하자, 유즈루는 한쪽 무릎을 꿇으면서 양손으로 깍지를 꼈다.

"설치. ──카구야."

"알았느니라!"

카구야는 고함을 지르면서 유즈루의 손에 발을 얹었다. 참고로 카구야는 신고 있던 실내화를 어느새 벗어서 뒤쪽으로 내던졌다.

"하앗!"

힘찬 기합 소리가 들려온 순간, 카구야의 몸이 하늘을 갈랐다.

그리고 학생들의 머리 위를 지나 매점을 향해 포물선을 그리면서 날아갔다.

하지만──.

"오의(奧義) · 영웅 격추!!"
이카로스 · 포오오오오오옹

어딘가에서 그런 목소리가 들려온 순간, 불현듯 카구야의 왼편에 나타난 학생이 엄청난 기세로 카구야를 향해 몸통 박치기를 날렸다.

"아니…… 우갸아앗?!"

새된 비명을 지른 카구야는 공중에서 균형을 잃었다.

그리고 착지점에서 꽤 떨어진 곳에 굴러떨어진 그녀는 격렬한 몸싸움을 벌이고 있는 학생들 안으로 빨려 들어갔다.

"끼야아아아아아앗?!"

"전율. 카구야!"

유즈루는 눈을 치켜뜨면서 카구야의 이름을 불렀다.

그리고—— 그 목소리에 호응하듯, 학생들이 움직임을 멈췄다.

한순간, 유즈루의 고함 소리에 학생들이 반응했다고 생각했지만…… 그렇지 않았다.

학생들이 움직임을 멈춘 이유는 바로 알 수 있었다. 어딘가에서 코를 찌르는 자극적인 냄새가 났기 때문이다.

"이, 이 냄새는 뭐지……?"

시도는 얼굴을 찡그리면서 손으로 코를 잡았다. 하지만 그것도 무리는 아니었다. 맡은 사람들에게 강렬한 불쾌감을 느끼게 할 뿐만 아니라 구역질까지 나게 만들 정도의 악취였기 때문이다. 음식 쓰레기와 하수도의 썩은 물, 그리고 동물의 시체와 녹조가 잔뜩 낀 물을 섞어서 숙성을 시킨 후, 스컹크의 배설물을 적정 비율로 섞지 않으면 이런 악취를 만들어낼 수 없을 것이다. 한 모금만 들이켜도 식욕이 바닥까지 떨어질 것 같은 충격적인 악취였다.

이 악취를 맡은 학생들은 코와 눈을 가리며 몸을 움츠렸다. 그리고 그 틈을 노리듯 누군가가 학생들 사이에 생긴 틈을 이용해 매점으로 다가간 후, 빵을 샀다.

잠시 후, 이 기묘한 악취가 사라지기 시작했다. 그러자 악취 때문에 식욕을 잃었던 학생들이 다시 쟁탈전을 재개했다.

——그리고 몇 분 후.

"으…… 크으윽……."

인파가 사라진 매점 앞. 등에 발자국이 몇 개나 나 있는 카구야는 양손을 땅바닥에 댄 채 신음을 흘렸다.

"확인. 카구야, 괜찮아요?"

카구야에게 다가간 유즈루가 손을 내밀자, 그녀는 그 손을 잡고 비틀거리면서 몸을 일으켰다. 겨우 몇 분밖에 지나지 않았지만, 카구야는 확 늙은 것처럼 보였다.

"이, 이놈들…… 구풍의 왕녀, 야마이 카구야에게 감히 이런 짓을 하다니……."

카구야는 공허해 보이는 목소리로 그렇게 말했다. 그리고 잠시 동안 이를 간 후, 그녀는 한숨을 내쉬었다.

"어쩔 수 없지……. 우선 배를 채운 후, 지친 몸과 마음을 치유하겠노라. 유즈루, 부축을 해다오."

"수긍. 알았어요."

카구야는 유즈루에게 부축을 받으면서 매점으로 향했다.

하지만 진열대에 놓여 있는 상품을 본 순간, 두 사람의 얼굴이 흐려졌다.

"점주. 이것밖에 없는 것이냐?"

"경악. 너무해요."

두 사람이 그런 말을 할 만도 했다. 그것도 그럴 것이 대

부분의 상품이 팔린 탓에 황량해진 선반에는 빵 귀퉁이가 들어 있는 봉투 두 개만이 남아 있었기 때문이다. 게다가 잼은 하나밖에 없었다.

"미안하구나. 하지만 이것밖에 없단다."

매점 아주머니는 조금 전까지 난전을 벌인 사람으로 보이지 않을 만큼 차분한 목소리로 말했다. 잠시 동안 분에 찬 듯한 표정을 짓던 두 사람은 결국 돈을 내고 빵 귀퉁이를 산 후, 느릿한 걸음걸이로 시도가 있는 쪽으로 돌아왔다.

바로 그때.

옆에서 자그마한 체구의 소녀가 달려오더니, 툭! 하는 소리를 내며 야마이 자매와 부딪혔다.

"으윽?!"

"경계. 누구죠?"

두 사람은 미간을 찌푸렸다. 그러자 그 소녀는 고개를 들면서 어깨를 부들부들 떨었다.

"죄, 죄송해요. 서두르다 보니……."

그 소녀는 금방이라도 눈물을 흘릴 것 같은 표정을 지으면서 말했다.

야마이 자매는 그런 소녀의 반응을 보고 독기가 빠진 것 같았다. 그녀들은 한숨을 내쉰 후, "신경 쓰지 마."라고 말하는 것처럼 손을 가볍게 내저었다.

잠시 후, 두 사람은 시도의 곁으로 돌아왔다. 시도는 무심코 쓴웃음을 지었다.

"고생 많았어……."

"시, 시끄러워! 우, 운이 좀 안 좋았을 뿐이야! 우리 실력은 이 정도가 아니라구!"

"분개. 맞아요. 아무리 시도라도 카구야를 모욕하면 용서하지 않을 거예요."

"아, 아니, 딱히 모욕한 건…… 어이, 잠깐만."

바로 그때, 뭔가를 눈치챈 시도는 두 사람의 손 언저리를 손가락으로 가리켰다.

"방금 산 빵은 어디 갔어?"

"뭐?"

"의문. 무슨 소리를 하는 거죠?"

두 사람은 고개를 갸웃거리면서 자신의 손 언저리를 보았고…… 잠시 후, 두 사람의 얼굴은 경악으로 가득 찼다.

그럴 만도 했다. 조금 전까지 들고 있었던 빵 귀퉁이가 손으로 쥐고 있던 포장지 끝 부분만을 남긴 채 홀연히 사라졌기 때문이다.

"아니…… 이건……."

"당혹. 빵은 대체 어디 간 거죠……?"

"──후후, 후후후후, 후하하하하하~!!"

두 사람이 주변을 둘러보고 있을 때, 어딘가에서 새된 웃음소리가 들려왔다.

"누, 누구냐?!"

카구야가 고함을 지른 순간, 누군가가 모습을 드러냈다. 그리고 양 손바닥으로 복도 바닥을 짚으면서 멋지게 공중제비를 한 후, 마지막으로 공중 2회전 반 텀블링을 하고 착지했다.

키가 큰 남자였다. 닭 볏 같은 머리 모양과 날카로운 눈빛. 그리고 교복 상의의 팔부분이 찢어져 있었고, 양손은 붕대 같은 것에 감겨 있었다. 참고로 그 남자는 허리춤에는 야키소바빵과 과일 우유가 달려 있었다.

"물러. 너무 물러. 겨우 그 정도 실력으로 매점을 이용하려고 한 거냐?"

"뭐……?"

시도가 영문을 모르겠다는 표정을 지은 순간, 기둥 뒤에서 흰색 가운을 걸친 남자가 모습을 드러냈다. 테가 동그란 안경을 낀 마른 체구의 남성이었다. 언뜻 보기에 과학자 같은 분위기를 지닌 그 남자는 손에 햄달걀 샌드위치와 커피 우유를 들고 있었다.

"쿠키키…… 뭐, 그래도 환영해주자고. 우리의 전장에 잘 왔어, 신병 제군."

그는 그렇게 말하면서 흰색 가운을 흔들었다. 가운 안에는 뚜껑이 끼워진 시험관 몇 개가 꽂혀 있었다.

우리가 괴이쩍은 표정을 지은 순간, 또 기둥 뒤에서 한 학생이 모습을 드러냈다.

산타클로스처럼 커다란 비닐봉지를 짊어진 소녀였다. 잘 보니, 조금 전에 야마이 자매와 부딪힌 여학생이었다.

"경탄. 당신은……."

유즈루가 그렇게 말한 순간, 그 소녀는 조금 전까지의 연약해 보이던 태도가 거짓이었다는 듯이 조소 섞인 미소를 지었다.

"꺄하하~. 그 정도 실력으로는 평생 매점 빵은 구경도 못할 걸~?"

그렇게 말하면서 비닐봉지 안에서 끝 부분이 잘린 포장지 안에 들어 있는 빵 귀퉁이를 꺼내더니, 만지작거리기 시작했다.

"아니! 그건!"

"응시. 유즈루와 카구야가 산 빵 귀퉁이예요."

카구야와 유즈루는 날카로운 눈빛으로 눈앞에 있는 세 사람을 노려보았다.

"네놈들은 대체 누구냐!"

카구야가 고함을 지르자, 세 사람은 자신감 넘치는 미소를 지었다.

"훗…… 좋아. 가르쳐주지!"

닭 볏 같은 머리카락을 지닌 남자가 양손을 펼치더니 다리 하나를 들어 올렸다.

"체조부에서 단련한 강인한 각력과 유연한 몸놀림을 이용해 눈앞에 있는 모든 이들을 뛰어넘는다! 공중의 귀공자——〈불면 날아간다〉 와시타니 슌스케! 지고의 일품은 야키소바빵!!"

"뭐 그딴 별명이 다 있어? 그리고 그런 말은 보통 남이 해주는 거 아냐……?"

시도는 눈썹을 찌푸리면서 말했다.

하지만 저 세 사람은 시도의 말을 전혀 개의치 않는 것 같았다. 닭 볏 머리 남자의 뒤를 이어 흰색 가운을 걸친 남자가 안경을 고쳐 쓰면서 몸을 비틀더니, 지적으로도 보이는 포즈를 취했다.

"과학부 예산을 남용해 특수 조합한 방향제로 전사들의 식욕을 빼앗는다! 죽음으로 이끄는 향기——〈악취 소동〉 카라스마 케이지! 페이버릿·원은 햄달걀 샌드위치!"

"……완전 민폐 캐릭터네……."

마지막으로, 비닐봉지를 든 소녀가 요염한 포즈를 취했다.

"귀여운 용모로 상대를 방심하게 만든 후, 찰나보다 빠른 손기술로 빵을 훔친다! 현혹의 마술사——〈아, 미안〉 사기누마 아유미! 페이버릿·원은 남한테서 훔친 빵!"

"어이, 그건 범죄잖아!"

"꺄하하, 나를 얕보지 말라구. ——너희 둘, 호주머니 안을 뒤져봐!"

"뭐?"

그 말을 들은 카구야와 유즈루는 치마에 달린 호주머니 안을 뒤져보곤 눈을 동그랗게 떴다.

"아니…… 동전이 들어 있지 않느냐."

"경악. 빵 귀퉁이 가격과 같아요."

그 말을 듣고 코웃음을 친 세 사람은 서로를 향해 눈짓을 보낸 후――.

『――우리가 바로, 라이젠 고교 매점 사천왕!!』

숨을 크게 들이마신 후, 큰 목소리로 말했다.

……왠지, 야마이 자매(특히 카구야)와 죽이 잘 맞을 것 같은 녀석들이라는 생각이 시도의 머릿속을 스치고 지나갔다.

"사천왕……?"

카구야는 경악을 금치 못하면서 말했다. 그러자 세 사람은 악역틱한 미소를 지었다.

"후후, 그렇다. 라이젠 고교 매점을 지배하는 최강의 전사들! 그들이 바로 사천왕이다!"

"쿠키키, 처음 보는 얼굴이 있기에 가볍게 인사를 해봤어."

"꺄하하. 하지만~ 이제 매점에는 안 오는 편이 좋을 것 같은데~? 너무 약해빠졌어~."

사천왕은 그렇게 말하면서 웃음을 터뜨렸다. 그러자 야마이 자매의 눈빛이 날카로워졌다.

"뭐?! 네놈들, 구풍의 왕녀인 야마이 자매를 우롱하는 것이냐?!"

"분개. 용서 못 해요."

참고로 시도는 긴박한 분위기를 자아내고 있는 다른 이들을 바라보면서 볼을 긁적였다.

신경 쓰이는 데가 꽤 있기는 했지만, 그 전에 딴죽을 걸어야 할 점이 있었기 때문이다.

"사천왕이라면서…… 셋밖에 없잖아."

하지만 세 사람은 이 질문을 예상했다는 듯이 별다른 반응을 보이지 않으며 어깨를 으쓱했다.

"후후후.『그분』은 사천왕 최강. 웬만한 일로는 모습을 드러내지 않으신다!"

"그래. 통칭 〈완벽 주의자〉. 아무도 눈치채지 못하게 원하는 빵을 손에 넣은 후 모습을 감추는 정체불명의 존재……."
_{미스 · 퍼펙트}

"우리조차 이기지 못한 너희가 만날 수 있는 분이 아니라구~."

사천왕은 조롱하는 듯한 목소리로 말했다. 시도는 그들의 조롱을 아무렇지도 않게 생각했지만, 야마이 자매는 그렇지 않은 것 같았다. 두 사람은 분노를 표시하듯 어금니를 깨물었다.

"이 녀석들, 무사히 돌아갈 수 있을 거라고 생각하지 말거라. 우리를 우롱한 대가를 목숨으로 치르게 해주마! 지옥의

불덩이 속에서 영원히 고통받으며 속죄하거라!"

"개전(開戰). 수도 없이 많은 무례를 저지른 당신들에게 그 대가를 치르게 해주겠어요. 당신들에게 결투를 신청합니다."

하지만 사천왕은 두 사람의 날카로운 시선을 보고도 여유 넘치는 미소를 지었다.

"후후…… 오늘의 전투는 이미 끝났다."

"쿠키키. 하지만 너희의 그 열의는 높이 사주지. 우리는 이 매점에서는 최강이야. 우리 앞에서 자기가 원하는 빵을 손에 넣을 수 있는 녀석은 없다고."

"도전은 언제든지 받아줄게~. 참, 맞아……."

〈빅 포켓〉 사기누마는 매점 한쪽에 걸려 있는 달력을 쳐다보면서 말했다.

"마침 잘 됐네~. 다음 주 월요일은 한정 판매 빵을 파는 날이야. 이번 달은 레인보우 크림빵이지, 아마? 그 빵을 먼저 손에 넣는 쪽이 승리……인 걸로 하는 건 어때~?"

그녀의 달콤한 목소리를 들은 야마이 자매는 흥 하고 코웃음을 치면서 고개를 끄덕였다.

"좋다. 매점에서의 빚은 매점에서 갚는 게 도리겠지. 네 녀석들이 빵 귀퉁이를 씹게 만들어주마!"

"선언. 후회하게 만들어주겠어요."

카구야와 유즈루는 사천왕을 손가락으로 가리키면서 말

했다. 세 사람은 유쾌한 표정을 지으며 어깨를 으쓱한 후, 시도를 바라보았다.

"후후…… 정말 위세 하나는 끝내주는 제자들이군, 〈무반응〉.^디스펠"

"쿠키키, 무지몽매한 도시락파(派)^런치 바보가 되었다고 들었는데, 아직 네놈에게도 매점사의 긍지^매점리가 남아 있었나 보네."

"하지만~ 이런 꼬맹이들이 우리 상대가 될 것 같아~?"

"……뭐?"

들어본 적 없는 별명을 들은 시도는 고개를 갸웃거렸다. 하지만 주위에는 그런 별명으로 불릴 만한 인물이 없었다.

"나, 나를 말하는 거야?"

"왜 당연한 걸 묻는 것이냐, 〈디스펠〉. 1년 전, 나의 공중 살법, 카라스마가 뿌린 죽음의 향기, 그리고 사기누마의 소매치기── 그 모든 것을 가볍게 돌파한 후, 페이버릿・원인 돈가스 샌드위치를 손에 넣은 강자여."

"어이, 잠깐만. 그런 말 처음 듣거든?"

시도는 무심코 그렇게 말하고 말았다. 확실히 1학년 때 몇 번 매점을 이용한 적이 있고, 돈가스 샌드위치를 좋아하는 것도 사실이다. 하지만 저런 별명은 한 번도 들은 적이 없었다.

"무슨 소리를 하는 것이냐. 네 놈, 우리와 벌였던 처절한 혈전을 잊은 것이냐?"

"아니, 그러니까……"

"후후—— 얼버무리고 싶으면 얼마든지 얼버무려라."

"쿠키키, 어느 쪽이든 간에 네놈의 제자들은 의욕이 넘치는 것 같네."

"꺄하하. 어차피 우리는 못 당하겠지만 말이야."

시도의 말을 완전히 무시한 사천왕은 악역틱한 웃음을 흘리면서 사라졌다.

카구야는 그들의 등이 보이지 않을 때까지 날카로운 시선으로 노려본 후, 쿵! 소리가 날 정도로 힘차게 복도를 걸어찼다.

"젠장! 감히 이 몸을 바보 취급하다니! 후회하게 만들어주마!"

"동의. 두 번 다시 저런 소리를 못 하게 만들겠어요. ——하지만 유즈루와 카구야가 패배한 것 또한 어디까지나 사실이에요. 이 오명을 씻기 위해서는 특훈을 통해 강해져야만 할 거예요."

"특훈……."

그렇게 말한 카구야와 유즈루는 시도를 바라보았다.

그리고 온몸을 훑고 지나가는 불길한 예감을 받은 시도는 식은땀을 줄줄 흘렸다.

◇

다음 날. 9월 2일 · 토요일.

"하암……."

체육복으로 몸을 감싸고, 이마에 머리띠를 둘렀을 뿐만 아니라 한 손에 죽도를 든 시도는 하품을 했다.

물론 그도 좋아서 이런 옷차림을 하고 있는 것은 아니다.

어제 사천왕들이 한 말을 들은 야마이 자매가 시도에게 특훈 코치 자리를 맡긴 것이다.

"나는 평소 복장이라도 괜찮을 것 같은데……."

현재 시도는 회색빛을 띤 홀에 있었다. 이곳은 바로 공중 함〈프락시너스〉안에 있는 가상훈련실이다.

코토리의 말에 따르면 현현장치(顯現裝置)와 _{리얼라이저} 함 내 설비를 병행 이용하면 각양각색의 환경을 재현할 수 있다고 한다. 그리고 코토리는 야마이 자매의 특훈을 위해 이곳을 빌려주었다.

시도가 잠기운을 떨쳐내고 있을 때, 독특한 말투의 두 목소리가 들려왔다.

"크크…… 한심하구나. 아직도 휴프노스의 주박에서 벗어나지 못한 게냐?"

"인사. 안녕하세요."

아무래도 야마이 자매도 도착한 것 같았다. 시도는 눈을 비비면서 목소리가 들려온 방향을 바라보았다가——.

"그래……. 좋은 아——, ……으윽?!"

──그대로 딱딱하게 굳어버리고 말았다.

그것도 그럴 것이, 그녀들이 입고 있는 것은 최근 들어 멸종위기종으로 지정되었다는 소문이 돌 정도로 희귀한, 블루머 타입의 체육복이었기 때문이다.

가슴 언저리에 『카구야』, 『유즈루』라고 적힌 새하얀 천이 두 사람의 상체를 감싸고 있었고, 하체는 현대 남자 고교생에게 있어서는 동경 그 자체나 다름없는 존재·블루머에 감싸여 있었다. 참고로 카구야는 셔츠 끝자락을 블루머 밖으로 내놓고 있었고, 유즈루는 끝자락을 블루머 안에 집어넣었다.

"호오? 이유는 모르겠지만 잠이 확 달아난 것 같구나."

"발견. 시도의 시선이 평소보다 뜨거운 것 같은 느낌이 들어요."

"크큭, 그만큼 기합이 제대로 들어갔다는 거겠지. 우리에게 있어서는 잘된 일이지 않겠느냐."

"의문. 과연 그럴까요."

카구야는 쾌활한 웃음을 터뜨렸고, 유즈루는 고개를 갸웃거렸다. 그리고 순식간에 잠기운이 달아나버린 시도는 시선을 피하면서 말했다.

"너희 둘, 왜 그런 복장을……."

"아, 이 옷 말이냐? 코토리가 준비해준 것이다. 그녀의 말에 따르면, 먼 옛날부터 이 나라에 내려온 전통적인 훈련 복

장이라면서?"

"평가. 확실히 움직이기 편해요. 특히 다리 쪽의 기동성은
감탄을 금할 수 없을 정도예요."

"……그, 그래?"

야마이 자매가 마음에 들어 하자, 시도는 볼을 긁적이면
서 그 이상은 아무 말도 하지 않았다.

"자아, 시도여. 빨리 훈련을 시작하자꾸나. 그 녀석들에게
이기기 위한 훈련을 말이다!"

"애원. 잘 부탁드려요. 그 사람들에게 이길 때까지는 그때
먹었던 잼의 쓴맛을 잊을 수 없을 것 같아요."

두 사람은 그렇게 말한 후, 힘차게 고개를 끄덕였다.

그러고 보니, 카구야와 유즈루는 그 후 도시락을 나눠주
겠다는 시도의 제안을 거절한 후, 둘이서 하나 남은 잼을 나
눠 먹으면서 굶주림을 견뎠다. 두 사람의 말에 따르면, 패배
의 맛을 곱씹으면서 복수의 칼날을 더욱 날카롭게 갈고닦기
위해서 그런 거라고 한다.

시도는 메마른 미소를 지으면서 두 사람을 향해 말했다.

"……간단하게 말해, 그 세 사람의 방해 공작을 돌파한 후
빵을 사기만 하면 되는 거지?"

"그러하니라. 그리고 자기 주제도 모르고 우리를 모욕한
그 녀석들에게 평생 잊을 수 없는 치욕을 안겨줄 수 있다면
더욱 좋지."

"수긍. 어떤 식으로 훈련을 할 예정이죠?"

두 사람은 고개를 끄덕이면서 그렇게 말했다. 그 말을 들은 시도는 호주머니에서 메모장을 꺼냈다.

실은 어제 레이네와 이야기를 나눠본 결과, 의외로 간단하게 대처 방법을 찾아냈다.

"으음, 우선은 말이야──."

시도는 사천왕 공략법을 가능한 한 알기 쉽게 설명했다.

"호오…… 나쁘지 않구나."

"이해. 잘 알았어요."

야마이 자매는 고개를 끄덕였다. 시도는 메모장을 덮은 후, 호주머니에 집어넣었다.

"뭐, 내가 말한 점들에만 주의하면 어떻게든 될 거야."

"흠. 그럼 우리는 이제부터 뭘 하면 되겠느냐?"

"뭐?"

카구야의 말을 들은 시도는 영문을 모르겠다는 표정을 지었다.

"확인. 그럼 다시 묻겠어요. 유즈루와 카구야는 지금부터 어떤 훈련을 하면 될까요?"

"아니…… 솔직하게 말해 훈련할 필요가 없다고 생각해."

시도는 미간을 모으면서 말했다. 딱히 거짓말을 하고 있는 것도, 두 사람의 훈련에 어울리는 게 싫어서 이런 소리를 하는 것도 아니었다. 시도는 진심으로 훈련을 할 필요가 없다고 생각했다.

"잘 생각해봐. 영력이 봉인되었다고는 해도 너희의 신체 능력은 평범한 인간보다 훨씬 뛰어나잖아? 어제는 의표를 찔렸지만, 차분하게 대처하면 절대 질 리가 없어. 게다가 훈련을 해도 무언가가 극적일 정도로 변하지는——."

"무슨 소리를 하는 것이냐!"

카구야의 일갈이 시도의 말을 끊었다.

"우리는 이미 패배를 경험했단 말이다! 그 패배를 설욕하기 위해서는 지옥 같은 특훈을 통해 New 야마이로 새롭게 태어날 수밖에 없지 않느냐!"

"동의. 주인공들은 보통 이야기 중반에 힘든 수행을 통해 새로운 기술을 습득한다구요."

카구야와 유즈루가 열기가 느껴지는 목소리로 말했다. 아무래도 성과가 있고 없고를 떠나 그저 특훈이 하고 싶은 것 같았다. ……그러고 보니, 야마이 자매는 여름 방학 때 소년 만화에 완전히 빠져 살았다는 이야기를 코토리가 했었다.

"아, 알았어."

시도는 두 사람을 말리면서 훈련 메뉴를 생각했다.

"아……. 그럼 일단 준비 운동을 한 후, 러닝이라도 하자."

시도가 그렇게 말한 순간. 벽에 노이즈가 발생하는가 싶더니, 눈 깜짝할 사이에 주변 경치가 넓은 고원 지대로 변모했다.

"오, 오오?!"

시도는 눈을 동그랗게 떴다. 이것이 가상훈련실의 기능인 것 같았다.

카구야와 유즈루도 놀란 듯한 표정으로 주변을 둘러본 후, 가볍게 고개를 끄덕였다.

"크크…… 위타천 질주라. 뭐, 좋다. 몸풀기 삼아 해주마."

"승낙. 알았어요. 카구야, 경주해요."

"잠깐, 러닝이라는 건 경주가 목적이 아니라고……."

시도가 그렇게 말했지만, 두 사람은 전혀 귀를 기울이지 않았다. 아무래도 화해한 후에도 승부욕은 여전히 남아 있는 것 같았다.

몸풀기 체조를 대충 한 후, 두 사람은 동시에 내달리기 시작했다.

"우랴아아아아아아앗!"

"질주. 에잇~."

두 사람 다 처음부터 전력 질주를 했다. 단거리 달리기를 하는 듯한 속도로 두 사람은 시도 주위를 빙글빙글 돌기 시작했다.

하지만 아무리 정령이라고 해도 이런 속도로 계속 달릴 수 있을 리가 없었다. 잠시 후, 두 사람의 속도가 눈에 보이게 떨어지더니── 이윽고, 유즈루가 그 자리에 주저앉았다.

"한……계……. 으윽……."

"하……하하…… 내가…… 이겼——."

다음 순간, 카구야도 그 자리에서 쓰러졌다.

"어, 어이, 괜찮아?!"

잠시 후, 야마이 자매는 호흡을 가다듬으면서 천천히 몸을 일으켰다.

"크크…… 이 승부는 이 몸의 승리인 것 같구나."

"유감. 역시 대단해요, 카구야."

"아니, 원래 나에게 유리한 승부였지 않느냐. 유즈루의 끈기에 경탄했느니라."

"의문. 카구야에게 유리했다니, 그게 무슨 말이죠?"

"……사, 사소한 건 그냥 제쳐두자구."

그렇게 말한 카구야가 유즈루의 중량감 넘치는 가슴을 쳐다보는 모습이 시도의 눈에 들어왔지만…… 뭐, 괜한 소리를 해봤자 여러모로 귀찮아질 것 같았기에 그냥 입 다물고 있었다.

"뭐, 일단 내가 이겼느니라! 알았느냐? 유즈루."

"항복. 크…… 어쩔 수 없군요. 하나 벗을게요."

"……벗는다고? 그게 무슨 소리야?"

시도가 고개를 갸웃거리자, 카구야는 히죽히죽 웃으면서 그의 얼굴을 잡고 억지로 돌렸다.

"아얏! 뭐하는 거야, 카구야?!"

"크크…… 입 다물고 있거라. 곧 좋은 걸 볼 수 있을 게다."

"뭐……? 무슨 소리를……."

시도가 눈썹을 찌푸린 순간, 뒤쪽에서 옷깃 스치는 소리가 들렸다.

"어이, 카구야. 유즈루가 뭐 하고 있는 거야?"

"크크, 실은 좀 전에 약속을 하나 했지. 훈련에 긴장감을 더하기 위해, 대결에서 진 사람은 질 때마다 옷을 하나씩 벗기로 했느니라."

"뭐…… 뭐어?! 자, 잠깐만. 그게 무슨 말도 안 되는 소리야?! 그, 그리고 지금의 너희 옷차림에서는, 옷 하나 벗는 것도 거의 치명상——."

"완료. 이제 됐어요."

시도가 말을 끝까지 잇기도 전에, 등 뒤에서 유즈루의 목소리가 들렸다.

카구야가 먼저 유즈루 쪽을 돌아보더니, "호오……."라고 말하면서 능글맞은 미소를 지었다.

"자, 시도도 보거라."

"자, 잠깐만. 아직 마음의 준비가……."

조금 전과 마찬가지로 카구야는 시도의 얼굴을 잡고 억지로 유즈루가 있는 쪽으로 돌렸다.

유즈루는 부끄러운지 볼을 살짝 붉힌 채 서 있었다. 하지만 겉보기에는 조금 전까지와 그렇게 달라 보이지 않았다.

하지만 다음 순간, 시도는 엄청난 사실을 깨달았다. 유즈루의 손에는 꽤나 큰 사이즈의 브래지어가 쥐어져 있었다.

그리고 유심히 보니, 유즈루의 가슴이 조금 전까지보다 커진 것 같은 느낌이 들었다. 그리고 그녀가 가볍게 몸을 움직일 때마다 그녀의 가슴에 적힌 『유즈루』라는 글자가 크게 흔들렸다.

"아, 아니……?!"

"크크. 어떠냐, 시도? 끝내주지 않느냐? 속박에서 풀려난 괴물이 날뛰고 있느니라."

카구야가 즐거움으로 가득 찬 목소리로 한 말을 들은 시도는 얼굴을 새빨갛게 붉혔다.

"왜, 왜 속옷부터……."

"설명. 이러는 게 관습이라고 배웠습니다만……."

"그거, 레이네 씨가 가르쳐준 거지?!"

시도가 고함을 질렀지만, 유즈루는 전혀 개의치 않았다. 그녀는 가슴을 손으로 누르면서 천천히 걸음을 옮겼다.

"제안. 시도. 다음 훈련은 제가 정해도 될까요?"

"……응? 어떤 건데?"

"대답. 인내력을 단련하는 수행…… 즉, 폭포 수행이에요."

"폭포 수행……이라면, 폭포수를 맞는 거? 아무리 그래도 그건 불가능——."

시도가 말을 끝까지 잇기도 전에 주위의 경치에 노이즈가 생기더니, 산속에 있는 폭포로 변했다.

게다가 물에 손을 넣어보니 진짜로 차가웠다. 아무래도 진짜 물을 쓰는 것 같았다.

"하하. 안 되는 게 없구나……."

시도가 쓴웃음을 짓자, 카구야가 한 걸음 앞으로 내디뎠다.

"크크…… 뭐, 좋다. 그럼 저 폭포 안에서 오래 있는 사람이 승리인 게냐?"

"긍정. 맞아요."

카구야와 유즈루는 시선을 교환한 후, 한 치의 주저도 없이 폭포 안으로 들어갔다.

"어, 어이, 기다려! 아무리 그래도 이건 좀 위험하잖아! 특히 유즈루, 너는……!"

"꺄앗!"

"경악. ……예상했던 것보다 더 차갑군요."

시도는 두 사람을 말리려고 했지만, 그녀들 안에서는 이미 승부가 시작된 것 같았다. 어금니를 깨문 두 사람은 폭포 수행을 하는 승려처럼 양 손바닥을 마주 댄 채 차렷 자세로 섰다.

"잠깐……."

다음 순간, 시도는 무심코 고개를 돌렸다.

그럴 만도 했다. 저렇게 얇은 옷을 입은 상태에서 폭포수를 맞으니, 물에 젖은 옷이 몸에 찰싹 달라붙으면서 옷 너머로 피부가 보이기 시작한 것이다.

브래지어를 하고 있는 카구야는 그나마 낫지만 유즈루 쪽은 아예 쳐다볼 수조차 없었다. 시도는 머리에서 김이 날 것만 같을 정도로 얼굴을 새빨갛게 붉힌 채 고개를 돌렸다.

"으윽……."

"인내. ……."

그리고 잠시 후, 두 사람은 덜덜 떨기 시작했다.

"아아, 이젠 한계야……!"

이윽고, 입술이 새파랗게 변한 카구야가 양손으로 어깨를 껴안은 채 폭포 밖으로 뛰쳐나왔다.

"괘, 괜찮아?!"

두 사람이 폭포 안에 들어가 있는 사이에 준비한 목욕 수건으로 몸을 감싸주자, 카구야는 부들부들 떨면서 그대로 주저앉았다.

"승……리……. 이, 이번 승부에서는 유즈루가 이이이, 이겼어요오오오오."

그 뒤를 이어, 유즈루가 그렇게 말하면서 밖으로 나왔다. 이가 덜덜 떨리고 있는 탓에 발음이 이상했다. 시도는 유즈루의 몸도 목욕 수건으로 감싸주었다.

그 순간, 주위의 풍경이 고원 지대로 변하더니, 어딘가에서 따뜻한 바람이 불어왔다.

잠시 후, 겨우겨우 몸이 진정된 두 사람은 고개를 들었다.

"으음…… 역시 내 반신(半身)답게 꽤 하는구나."

"칭찬. 하지만 이 승부는 조금 전의 승부와는 반대로 피하
지방이 많은 유즈루에게 유리했어요. 건투한 카구야에게 박
수를 보낼게요."

"으윽……."

그 말을 들은 카구야는 분하다는 듯이 얼굴을 일그러뜨렸
다. 하지만 가볍게 한숨을 내쉬면서 마음을 진정시킨 카구
야는 목욕 수건을 벗으면서 몸을 일으켰다.

"……뭐, 어쩔 수 없지. 약속은 약속이니 지키마. 시도, 뒤
돌아서 있거라."

"아, 아니 이제 그럴 필요는 없을 것 같은데……."

"얕보지 마라! 유즈루가 했는데 이 몸께서 못할 것 같으
냐?!"

카구야는 단호한 어조로 그렇게 말한 후, 뒤돌아섰다.

그리고 조금 전처럼 또 옷깃 스치는 소리가 들렸다. ……
뭐랄까, 엄청난 광경이 등 뒤에서 펼쳐지고 있는 것 같은 느
낌이 든 시도는 숨을 삼켰다. 옆에 서있는 유즈루는 "한숨.
정말 요염하군요."라고 말했다.

"……이제 됐다. 그 두 눈으로 이 몸을 보는 것을 허락하
마."

"으, 응……."

시도는 머뭇거리면서 뒤를 돌아보았다.

카구야는 역시 언뜻 보기에는 조금 전까지와 별반 달라지지 않은 것처럼 보였다. 하지만 그녀의 손에는 유즈루와 마찬가지로——.

"다, 다르잖아?!"

시도는 무심코 고함을 질렀다. 카구야가 들고 있는 것은 브래지어가 아니라—— 바로 팬티였기 때문이다.

"나도 하나 벗었다! 그러니 불만은 없을 터!"

"납득. 머리 좀 썼군요. 카구야."

팔짱을 낀 유즈루는 감탄한 것처럼 고개를 끄덕였다.

"대, 대체 머리를 어떻게 썼다는 거야……?"

"유도. 시도, 카구야를 잘 보세요. 겉보기에는 조금 전까지와 똑같아 보이지만, 그녀의 하반신을 가리고 있는 블루머 너머에는 보는 이들을 아찔하게 만들 정도로 환상적인 풍경이 펼쳐져 있어요. 흥분되지 않나요?"

"으, 윽……."

유즈루는 시도에게 기대면서 속삭이는 듯한 목소리로 말했다. 유즈루의 차가운 피부를 느끼며 카구야가 걸친 블루머 너머를 상상한 시도는 얼굴을 더욱 붉혔다.

그런 시도를 본 카구야는 부끄러움을 숨기려는 것처럼 몸을 배배 꼬면서 입을 열었다.

"다음 훈련은 내가 지정하마. 그래서 유즈루의 부끄러운 모습을 마음껏 감상해주지!"

"부정. 다음 승부에서 승리하는 사람은 유즈루예요. 그리고 수치심에 떠는 카구야를 귀여워해 줄 거예요."

두 사람은 시선을 교환하면서 그렇게 말했다. ……서로를 좋아하는 것은 확실하지만, 너무 심하게 상대를 좋아하는 것 같은 느낌이 들었다.

하지만 두 사람을 이대로 내버려뒀다간 엄청난 일이 벌어질 것 같은 느낌이 든 시도는 허둥지둥 고개를 저었다.

"스, 스톱! 다음 훈련 메뉴는 내가 정하겠어! 그래도 되지?! 내가 코치잖아!"

그 말을 들은 카구야와 유즈루는 흥미 깊은 눈으로 시도를 바라보았다.

"지, 지금부터는 개별 훈련에 들어가겠어! 으음…… 카구야는 일단 복근 운동! 유즈루는 팔 굽혀 펴기! 각각 100번!"

시도는 두 사람에게 다른 훈련을 지시했다. 하지만 그 말을 들은 야마이 자매는 불만을 나타내듯 얼굴을 찡그렸다.

"뭐? 메뉴가 다른 것이냐? 그래서는 승부를 낼 수가 없지 않느냐."

"요청. 그리고 횟수가 정해져 있으면 두 사람 다 목표를 달성해버릴 수도 있어요."

뭐, 솔직하게 말하자면 그게 시도의 목적이었다.

같은 메뉴가 아니면 결판이 나지 않는다. 즉, 더는 두 사람 중 누군가가 옷 벗을 것을 걱정하지 않아도 되는 것이다.

"우리 목적을 잊지 마. 우리가 왜 훈련을 하고 있는지 잊었어? 그 사천왕이라는 녀석들에게 이기기 위해서잖아?"

"으음……."

"고민. ……."

시도의 말을 들은 두 사람은 입을 다물었다.

……조금 전에 "딱히 훈련을 할 필요는 없다."라고 말한 남자가 할 말은 아닌 것 같지만, 두 사람은 의외로 순순히 시도의 말에 따라주었다. 그녀들은 투덜거리면서도 고개를 끄덕였다.

"……확실히 시도의 말이 옳다. 유즈루가 너무 귀여워서 괴롭혀주고 싶은 마음에 목적을 망각하고 말았구나."

"반성. 유즈루도 마찬가지예요. 카구야의 귀여움에 눈이 먼 나머지 자신을 억누르지 못했어요."

카구야와 유즈루는 서로를 바라보면서 고개를 끄덕였다.

"좋아! 그럼 시작하자꾸나, 유즈루!"

"수긍. 예, 카구야."

두 사람은 고개를 끄덕였다. 그 모습을 본 시도는 가슴을 쓸어내렸다.

하지만 두 사람은 바로 훈련을 시작하지 않고 시도 앞에 멀뚱히 서 있었다.

"……왜 그래?"

"아, 평범한 복근 운동은 너무 쉬울 것 같구나. 그러니 이 몸의 양발로 시도의 복부를 끌어안은 채 복근 운동을 하는 것은 어떠하냐? 그렇게 하면 확실하게 근력을 높일 수 있을 것이니라."

"제안. 평범한 팔 굽혀 펴기는 긴장감이 부족해요. 그러니 바닥에 드러누운 시도 위에서 유즈루가 팔 굽혀 펴기를 하는 것은 어떨까요? 까딱 잘못하면 인내력이 바닥난 시도가 유즈루를 마음대로 가지고 놀지도 모른다는 긴장감이 유효 작용——."

"그, 그건 안 돼!"

시도는 고함을 지른 후, 카구야와 유즈루의 근육 트레이닝 횟수를 늘렸다.

◇

다음 주, 9월 4일 점심시간.

매점 앞에는 지난주만큼은 아니지만 상당수의 학생들이 몰려 있었다. 빵을 원하는 그들은 매점 앞에서 난전을 펼치고 있었다.

하지만 시도와 야마이 자매는 그 난전에 참가하지 않은 채, 한곳만을 바라보고 있었다.

——그들의 정면에 서 있는, 꽤나 눈에 띄는 3인조를 말

이다.

"호오…… 도망치지 않았구나. 〈디스펠〉, 그리고 그의 제자들이여. 그 용기만은 칭찬해주마."

"쿠키키, 하지만 그건 용기가 아니라 만용이야. 미숙하기 그지없는 자기 자신을 원망하며 빵 귀퉁이나 뜯어 먹게 해주지."

"꺄하하, 안 돼~. 빵 귀퉁이까지도 내가 빼앗아 버릴 거야~."

매점 사천왕이 자신만만한 미소를 머금은 채 야마이 자매를 쳐다보고 있었다.

그들의 시선을 받은 카구야와 유즈루는 시선을 날카롭게 만들었다.

"크크……. 그 대사, 그대로 너희에게 돌려주겠노라. 야마이 자매에게 대적한 것을 후회하게 만들어주마!"

"적대. 맞아요. 오늘은 반드시 이길 거예요."

그 말을 들은 〈에어리얼〉 와시타니가 손바닥으로 이마를 짚었다.

"좋다. 한정 판매 빵의 수량은 스무 개. 이제 슬슬 바닥을 드러낼 때가 되었지. ──그럼 승부를 시작해볼까!"

그 목소리가 울려 퍼진 순간, 야마이 자매와 사천왕이 땅을 박찼다.

하지만 양측 다 매점 앞에 있는 인파를 어떻게 하지 않으면 빵을 손에 넣을 수 없다.

"카구야! 유즈루! 작전 A야!"

시도가 전장 외곽에서 지시를 내리자, 카구야와 유즈루는 전방을 직시하며 엄지를 들어 보였다.

"준비. 카구야!"

"오오!"

유즈루가 양손으로 깍지를 끼자, 카구야는 유즈루의 손을 발판 삼아 공중으로 몸을 날렸다.

하지만 매점을 향해 달리면서 그 모습을 본 와시타니는 입술 가장자리를 말아 올렸다.

"후후, 일전과 똑같잖아!"

그리고 근처에 있는 학생의 등을 발판 삼아 카구야를 향해 점프했다.

"오의 · 이카로스——."

"지금이야! 유즈루!"

와시타니가 카구야를 향해 몸통 박치기를 날리려고 한 순간, 시도는 고함을 질렀다.

"라져. 알았습니다."

바로 그때, 한쪽 무릎을 지면에 대고 있던 유즈루가 도움닫기를 한 후 공중으로 몸을 날리더니——.

"일격. 에잇."

얼빠진 기합을 지르면서—— 공중에 있는 와시타니의 명

치를 향해 오른발로 발차기를 날렸다.

"우으윽······?!"

와시타니는 고통에 찬 신음을 흘렸다. 하지만 그걸로 끝이 아니었다.

"크크······ 추락하거라, 과거의 왕이여!"

카구야가 공중에서 몸을 비튼 후, 와시타니의 뒤통수를 향해 발꿈치 찍기를 날린 것이었다.

명치와 뒤통수를 거의 동시에 가격당한 와시타니는 빙글빙글 회전하면서 지면에 그대로 꽂혔다. 그런 그의 발끝은 쉴 새 없이 꿈틀댔다.

"큭, 와시타니가 당할 줄이야!"

"으윽······ 하지만 잘난 척하지 말라구! 와시타니는 사천왕 중 가장 약한 녀석이란 말이야!"

〈빅 포켓〉사기누마는 환한 미소를 지으면서 그렇게 말했다. 아무래도 예전부터 이 대사를 한번 해보고 싶었던 것 같았다.

하지만 아직 방심할 수는 없었다. 사천왕이 두 명이나 남아 있기 때문이다.

"죽음의 향기를 받아라!"

〈프로페서〉카라스마가 흰색 가운을 펼치더니, 양 손가락 사이에 시험관 몇 개를 끼웠다.

그 동작을 본 시도는 또 고함을 질렀다.

"카구야! 유즈루! 이번에는 코드 B야!"

『!!』

지면에 선 카구야와 유즈루는 시도의 말을 들은 순간, 허리에 차고 있던 고글을 썼다.

엄청난 악취가 주위를 가득 채우자 다른 학생들이 인상을 찡그렸다. 하지만 야마이 자매는 아무렇지도 않아 보였다. 왜냐하면 두 사람이 쓴 고글은 다이빙할 때 쓰는 코까지 막아주는 타입의 고글이었기 때문이다.

"아닛……!"

카라스마가 비명에 가까운 고함을 지르며, 경악에 찬 표정을 지었다.

야마이 자매는 카라스마에게 다가가더니, 엄청난 악취를 뿜는 시험관을 빼앗은 후──.

"크크…… 그렇게 이 악취가 좋다면……."

"웃음. 이 악취를 영원히 맡게 해주죠."

악마 같은 미소를 지으면서 시험관 안에 있는 액체를 카라스마의 목덜미 안으로 흘려 넣었다.

"끼야아아아아아아아아아앗?!"

카라스마는 단말마에 가까운 절규를 지르면서 그 자리에서 주저앉았다. 조금 전까지보다 더 강렬한 악취가 주위를 가득 채웠다.

"우와아……."

카라스마가 불쌍하다는 생각이 든 시도는 인상을 썼다. 무엇으로 저 액체를 만들었는지는 모르겠지만, 한동안은 저 냄새가 몸에서 사라지지 않을 것이다.

"큭…… 정말 한심하네! 이렇게 되면 내가——."

그렇게 말하면서 사기누마가 야마이 자매에게 다가가려고 했다.

하지만 두 사람의 시선을 받은 그녀는 그 자리에 못 박힌 듯이 멈춰 섰다.

이틀 전, 대(對) 사천왕용 작전을 짤 때 가장 간단했던 것이 바로 사기누마 대책이었다.

간단하게 말해……『도둑맞지 않도록 신경 쓰는 것이다』.

빵을 훔치는 것은 상대의 빈틈을 찌르지 않으면 불가능하다.

그러니 이쪽에서 조심하고 있으면 성공률이 급격히 떨어질 것이다.

이제 야마이 자매의 앞길을 막을 자는 없다. 두 사람은 서로를 바라보며 고개를 끄덕인 후, 500엔짜리 동전을 쥔 채 매점을 향해 달려갔다. 하지만——.

"와시타니! 〈디스펠〉을 노려!"

사기누마의 목소리가 들린 순간, 조금 전까지만 해도 지면에 쓰러져 있던 와시타니가 느닷없이 시도의 등 뒤에 나타나더니 그를 꼼짝 못하게 움켜잡았다.

"아니……?!"

시도의 목소리를 듣고 뒤를 돌아본 카구야와 유즈루는 경악을 금치 못했다.

그 모습을 본 사기누마는 악랄한 미소를 지었다.

"그래. 처음부터 지시를 내리고 있는 〈디스펠〉을 노렸어야 했어. ——카라스마!"

사기누마의 목소리를 들은 걸까, 악취를 뿜으며 쓰러져 있던 카라스마가 비틀거리면서…… 몸을 일으켰다.

"쿠, 키키…… 이, 이렇게 된 이상, 너희 모두를 악취 지옥에 빠뜨려주겠어! 자아, 나와 볼을 부비부비하고도 아무런 반응을 보이지 않을 수 있을까, 〈디스펠〉!"

그렇게 말한(약간 코맹맹이 소리로) 카라스마는 좀비처럼 시도에게 다가갔다. 그가 한 걸음 한 걸음 다가갈 때마다, 코를 찌르는 악취가 점점 강해졌다.

"우, 우와아아아앗!"

결국 시도는 고함을 지르고 말았다.

"네 녀석들, 감히……!"

"분노. 비겁해요."

카구야와 유즈루는 분노로 얼굴을 찡그렸다. 하지만 이미 그녀들은 수많은 학생들에게 둘러싸이고 말았다. 어떻게든 학생들을 돌파한 후 시도에게 달려가고 싶지만, 두 사람이 당도하기 전에 시도는 〈프로페서〉에게 뜨거운 포옹을 당하고 말 것이다.

"자아~. 네놈도 나와 같은 꼴로 만들어주마……!"

"우왓! 윽, 우윽……!"

『시도!』

카구야와 유즈루가 동시에 시도의 이름을 부른 순간.

"어──?"

갑자기 강렬한 돌풍이 불었다.

몸이 공중으로 떠오르는 듯한 느낌이 든 직후, 시도는 그대로 벽에 내동댕이쳐졌다. 한 템포 후, 온몸이 욱신거리기 시작했다.

"아야야……."

시도는 신음을 흘리며 눈을 떴다.

그의 눈앞에는 기묘한 광경이 펼쳐져 있었다.

손을 마주 댄 카구야와 유즈루를 중심으로, 주위에 있는 학생들이 전부 쓰러져 있었다. 매점에 진열되어 있던 빵들이 전부 날아갔고, 일부 창문도 깨져 있었다.

아마 두 사람의 감정이 격해지자, 봉인되었던 영력이 그녀들에게 돌아간 것이리라. 원래 두 사람은 전 세계에 막대한 피해를 입혔던 바람의 정령이다.

"시도, 괜찮은 게냐?"

"걱정. 다치신 곳은 없나요?"

고글을 벗고 다가온 두 사람은 시도의 몸에 코를 대고 냄새를 맡아보았다. 그리고 안도의 한숨을 내쉬면서 그를 향해 손을 내밀었다.

"하, 하…… 그래. 너희 덕분에 살았어."

시도는 두 사람의 손을 잡고 몸을 일으키면서 쓴웃음을 흘렸다.

그리고 잠시 후, 중요한 볼일이 있다는 사실을 떠올린 두 사람은 매점을 향해 뛰어갔다.

"점주, 한정 판매 빵을 다오!"

"애원. 부탁해요."

사천왕들은 아직 의식이 있는 것 같지만, 몸을 일으키지 못하는 것 같았다. 그들은 분통을 터뜨리면서 야마이 자매를 바라보고 있었다.

승리를 직감한 시도는 주먹을 말아 쥐었다. 하지만…….

"미안하구나. 진열해놨던 한정 판매 빵은 조금 전 바람에 전부 날아가 버리고 말았단다."

여전히 태연한 매점 아주머니는 야마이 자매를 바라보면서 그렇게 말했다.

"뭐…… 뭐어?"

"전율. 이럴 수가……."

카구야와 유즈루는 주위를 둘러본 후, 고개를 푹 숙였다.

그런 두 사람을 본 사천왕들은 입가에 미소를 머금었다.

"후, 후…… 유감이겠구나."

"쿠키키, 결국 무승부네."

"꺄하하, 이제——."

하지만 다음 순간—— 사천왕들은 동시에 입을 다물었다.

그 이유는 단순했다.

계단 쪽에서 뚜벅—— 하고 발소리가 들렸기 때문이다.

"서, 설마……."

"이 발소리는——."

"〈미스·퍼펙트〉……?!"

"뭐……?"

세 사람의 말을 들은 시도는 발소리가 들려오는 방향을 향해 고개를 돌렸다.

〈미스·퍼펙트〉. 그 이름은 일전에 들어본 적이 있었다. 세 사람이 말했던 사천왕 최강의 존재가 바로 〈미스·퍼펙트〉였다.

그런 존재가—— 지금 모습을 드러내려 하고 있는 것인가.

천천히 발소리가 다가오더니, 이윽고 사천왕 최강의 존재가 모습을 드러냈다.

그자는 바로——.

"……오리가미?"

시도는 미간을 찌푸리면서 말했다.

그렇다. 방금 들려온 발소리의 주인은 바로 토비이치 오리가미 양이었던 것이다.

"〈미스·퍼펙트〉!"

"오래간만에 뵙습니다……!"

"당신께서 이렇게 왕림하실 줄은……!"

하지만 오리가미를 본 다른 사천왕들은 감격에 찬 목소리로 그렇게 말했다. 아무래도 사람을 잘못 본 것이 아닌 것 같았다. 즉, 오리가미가 바로 그들이 말한 〈미스 · 퍼펙트〉인 것 같았다.

"오리가미…… 네가 사천왕 최후의 1인이었던 거야?"

시도의 말을 들은 오리가미는 작게 한숨을 내쉬었다.

"그들이 멋대로 그렇게 부르는 것뿐이야."

"아하……."

어찌 된 일인지 감이 온 시도는 쓴웃음을 흘렸다.

하지만 조금 전 오리가미가 보인 반응이 눈에 들어오지 않은 듯한 사천왕들은 애원하는 듯한 목소리로 말했다.

"부탁입니다, 〈미스 · 퍼펙트〉!"

"부디, 저희의 원수를……!"

"당신이라면…… 당신이라면 이 상황에서도 승리를 쟁취할 수 있을 거예요!"

"……."

오리가미는 세 사람의 말을 무시한 후, 매점 아주머니에게 말을 걸었다.

"아주머니."

"아, 응. 자, 예약해놨던 빵 여기 있어."

아주머니는 그렇게 말하면서 매점 안쪽에 숨겨놓았던 빵(포장지에 커다랗게 『한정!』이라고 적혀 있음)을 오리가미에게 건넸다.

『뭐……?!』

시도와 야마이 자매, 그리고 사천왕들은 경악하고 말았다.

"예, 예약……?"

"경탄. 그런 방법이 있을 줄은……."

망연자실한 야마이 자매의 옆을 스쳐 지나간 오리가미는 한정 판매 빵을 손에 든 채 걸음을 옮겼다.

하지만 사천왕들은 그 사이 정신을 차린 것 같았다. 그들은 승리를 자랑하는 듯한 미소를 지으면서 말했다.

"후, 후하하하! 아무래도 이 승부에서는 우리 사천왕이 승리한 것 같구나!"

"쿠, 쿠키키! 〈미스·퍼펙트〉의 힘을 봤느냐!"

"꺄하하! 약간 납득이 안 되기는 하지만, 아무튼 우리가 이겼다구!"

오리가미는 사천왕들과 대화도 나누고 싶지 않은지, 그들을 깔끔하게 무시한 채 걸음을 옮겼다. 야마이 자매는 분해 죽겠다는 듯이 이를 갈았다.

"젠장, 젠장…… 그, 그렇게 최선을 다했는데……!"

"만회. 진정해요, 카구야. 다음 달에는 반드시 이기도록 해요."

"……"

그런 두 사람의 모습을 본 시도는 볼을 긁적였다.

뭐랄까, 이대로 끝내는 것은 조금 그런 것 같은 느낌이 들었다.

"……어이, 오리가미."

그렇기에 시도는 오리가미가 자신의 옆을 스쳐 지나가려고 한 순간, 그녀에게 말을 걸었다.

"왜?"

"……그 빵, 괜찮다면 우리에게 양보해주지 않겠어?"

"왜?"

"아, 그럴 만한 이유가 있거든. 대신이라기엔 좀 그렇지만, 내 도시락과 교환──."

"자."

시도가 말을 끝까지 잇기도 전에, 오리가미는 빵을 내밀었다.

『……뭐?!』

승리의 기쁨을 만끽하고 있던 사천왕의 얼굴이 눈 깜짝할 사이에 딱딱하게 굳었다.

"괜찮겠어……?"

"괜찮아. 그 대신……."

"아, 응……. 내 가방 안에 있으니까 꺼내 먹어."

"……"

그 말을 들은 오리가미는 무표정한 얼굴로 고개를 끄덕인 후, 껑충껑충 뛰면서 교실로 돌아갔다.

"아니…… 〈미스·퍼펙트〉에게서 빵을 빼앗다니……."

그 모습을 본 사천왕은 경악을 금치 못했다.

"역시 1년 전, 내 공중기를 바다를 구르듯이 피한 후, 급소에 헤딩을 날린 남자……."

"죽음의 향기를 막기 위해 일부러 코감기에 걸렸던 그 실력은 녹슬지 않은 건가……!"

"나에게 빵이 아니라 더미용 쓰레기봉투를 훔치게 한 남자…… 역시 얕봐선 안 되었어……!"

"……그거 전부 우연 아냐?"

자신에게 별명이 붙은 이유를 안 시도는 한숨을 내쉬면서 고개를 푹 숙였다.

몇 초 후, 상황을 파악한 카구야와 유즈루가 시도를 향해 달려왔다.

"시도! 그대가 해냈구나!"

"칭찬. 마지막에 가서 멋진 모습을 보여줬군요."

"뭐, 반칙에 가까운 방법이지만 말이야."

하지만 야마이 자매에게는 『아군 진영의 인물이 빵을 손에 넣었다』는 사실만이 중요한 것 같았다. 카구야는 만면에 미소를 지으면서 시도를 끌어안았다. 유즈루도 기뻐하면서 그에게 몸을 기댔다.

시도는 쓴웃음을 지은 후, 레인보우 크림빵을 두 사람에게 내밀었다.

"두 사람 다 잘했어. ──자, 둘이서 나눠 먹어."

『……』

빵을 건네받은 야마이 자매는 아무 말 없이 빵을 쳐다보았다. 그리고 빵을 포장지에서 꺼내더니 3등분 했다.

그리고 가운데 부분을 시도에게 내밀었다.

"어?"

"크크…… 시도여, 수고 많았느니라. 포상을 내리도록 하마."

"감사. 시도 때문에 승리할 수 있었어요. 받아주세요."

잠시 동안 눈을 동그랗게 뜨고 있던 시도는…… 미소를 지으면서 빵을 받았다.

"그래? 그럼 잘 먹을게."

"음. 그럼 승리를 축하하는 건배를 하자꾸나."

"동의. 잠시 실례할게요."

"건배?"

시도가 고개를 갸웃거리자, 시도가 들고 있던 빵에, 카구야와 유즈루는 자신이 들고 있던 빵을 갖다 댔다.

시도는 만족스러운 표정을 짓고 있는 카구야와 유즈루를 본 후, 빵을 베어 물었다.

쿠루미 스타 페스티벌

Star FestivalKURUMI

DATE A LIVE ENCORE

"이거…… 시끌벅적하네."

좌우를 둘러보던 시도는 천천히 걸음을 옮기면서 그렇게 말했다.

그의 시야에 들어온 상점가는 평소보다 더 활기에 차 있었다.

그럴 만도 했다. 오늘은 바로 7월 7일. 매년 칠석 축제가 열리는 이 날, 축제를 좋아하는 상점가 사람들이 열심히 분위기를 띄우기 때문이다.

상점가 중앙의 대로에는 타코야키나 야키소바 등을 파는 포장마차가 줄지어 설치되어 있었고, 칠석 축제 때 쓰는 각양각색의 상품을 파는 가게도 있었다. 그 탓인지 평소보다 많은 손님들이 상점가 안을 돌아다니고 있었고, 대로 쪽은 엄청난 인파로 북적대고 있었다.

시도는 축제를 좋아하는 편은 아니지만, 상점가 축제 때마다 세일 상태가 되는 것만큼은 대환영이었다. 가격 자체가 싸지는 것은 아니지만, 축제 때문에 들뜬 가게 주인들이 서비스를 많이 해주는 것이다.

토카의 식비는 〈라타토스크〉에서 나온다. 하지만 요리의 퀄리티를 떨어뜨리지 않으면서 얼마나 재료비를 아낄 수 있는가 또한 이츠카 가의 주방을 책임지는 시도에게 있어서는 중요한 임무였다.

이런 살림꾼 같은 생각을 해야 한다는 사실이 슬펐지만…… 뭐, 딱히 어제오늘 시작한 것이 아니기에 이제 와서 이런 생각을 해봤자 아무 의미 없었다. 시도는 그렇게 생각하며 가볍게 한숨을 내쉰 후, 다시 상점가 안을 둘러보았다.

평소와 다름없는 일상, 그리고 평소와 다름없는 풍경이었다.

이제부터 시도는 단골 가게들을 돌면서 시장을 본 후, 집으로 돌아가서 저녁 준비를 할 것이다.

——그럴 예정이었다.

하지만, 바로 그때.

"어——?"

시도는 길 건너편에 있는 **존재**를 발견하고 말았다.

"아…….."

그리고 그 존재가 누구인지 뇌가 이해한 순간, 시도는 그 자리에서 얼어붙고 말았다.

상점가 가운데에 난 대로 건너편.

그곳에는 단조로운 빛깔의 드레스로 몸을 감싼 한 소녀가 서 있었다.

어깨 근처에서 묶은 칠흑빛 머리카락과 호리호리한 몸매. 긴 앞 머리카락으로 왼쪽 얼굴을 가렸지만, 보는 이들을 빨아들일 듯한 오른쪽 눈과 벚꽃잎을 연상케 하는 입술은 그 어떤 남자도 자신의 포로로 만들 듯한 마성의 매력을 지니고 있었다.

하지만──.

시도가 잠시 동안 손가락 하나 까딱하지 못할 만큼 완벽하게 얼어붙은 것은 다른 이유 때문이었다.

"토키사키── 쿠루미……?"

떨리는 목소리로 그녀의 이름을 부른 시도는 침을 삼켜 메말라 버린 목을 적셨다.

──토키사키 쿠루미.

지금으로부터 약 한 달 전. 시도의 반에 전학 온 소녀이자── 시도를 『잡아먹어서』, 그의 몸 안에 봉인되어 있는 영력을 자신의 것으로 만들려고 했던 정령이다.

그녀의 성격은 호전적일 뿐만 아니라 잔인했다. 그리고 공간진으로 자신의 의지와는 상관없이 이쪽 세계에 피해를 입혔던 토카나 요시노와는 달리 자신의 의지로 수많은 인간을 죽인…… 통칭, 『최악의 정령』.

일전에 쿠루미는 코토리에게 왼팔과 천사의 일부를 잃은 후 모습을 감췄었다. 하지만 지금 눈앞에 있는 그녀의 몸에는 생채기 하나 존재하지 않았다.

"……큭."

시도는 손으로 양 눈을 비볐다.

어쩌면 자신이 잘못 본 것일지도 모른다, 라는 덧없는 가능성에 매달리면서…….

그리고 눈을 몇 번 깜빡인 후, 다시 길 건너편을 바라보았다.

하지만 예의 그 소녀의 모습은 보이지 않았다.

"뭐, 뭐야……. 역시 내가 잘못 본——."

"——안녕하세요, 시도 씨."

"우왓?!"

안도의 한숨을 내쉰 순간 등 뒤에서 들려온 목소리를 들은 시도는 온몸을 부르르 떨었다.

시도는 허둥지둥 뒤를 돌아보았다.

그곳에는 조금 전까지만 해도 길 건너편에 있던 소녀가 서 있었다.

"쿠, 쿠루미……?!"

"예. 오래간만이에요, 시도 씨."

그녀는 미소를 지은 후 치맛자락을 들어 올리면서 무릎을 살짝 굽혔다.

시도는 필사적으로 가슴을 진정시킨 후, 쿠루미의 눈을 응시하면서 입을 열었다.

"이, 이런 데서…… 뭐 하는 거야?"

만약 코토리가 들었다면 바로 한 소리 했을 것 같은, 몰개

성적인 대사였다.

그러자 쿠루미는 입가에 미소를 머금으면서, 속삭이는 듯한 목소리로 말했다.

"뭐 하기는요. ——시도 씨를 만나러 왔답니다."

"……큭!"

시도는 숨을 삼키며 한 걸음 뒤로 물러섰다.

시도를, 만나러 왔다.

그 이유는—— 말하지 않아도 뻔했다.

하지만 자신의 다리로는 그녀에게서 도망치는 것이 불가능하다는 사실은 시도 자신이 가장 잘 알고 있었다.

주위에는 수많은 사람들이 있지만, 쿠루미는 목격자의 유무 같은 것을 전혀 개의치 않으리라. 아니…… 그녀가 마음만 먹는다면 시야 안에 들어오는 모든 인간들을 자신의 그림자 안으로 끌어들이는 것도 가능할 것이다.

시도는 쿠루미를 바라보면서 어금니를 깨물었다. 그녀라는 존재가 등장한 순간, 주변에 펼쳐진 일상적인 풍경이 눈 깜짝할 사이에 궁지로 변하고 말았다. 대체 어떻게 하면—.

"……?!"

바로 그때. 쿠루미가 시도의 손을 잡았다.

"후후……. 저기, 시도 씨?"

쿠루미는 요염한 미소를 지으면서 시도의 손을 애무하듯 매만졌다. 그러는 그녀의 오른쪽 눈은 시도의 모든 생각을 꿰뚫어 보고 있는 것만 같았다.

하지만 그런 상황에서도 시도는 이 상황을 타파할 방법은 없는지 필사적으로 머리를 굴렸다.

하지만—— 바로 그때, 쿠루미는 전혀 예상외의 말을 했다.

"——지금부터, 저와 데이트하시지 않겠어요?"

시도의 손을 잡아당긴 쿠루미는 그의 귀에 입을 대면서 속삭이듯…….

그렇게 말했다.

"뭐……?"

생각지도 못한 말을 들은 시도는 눈을 동그랗게 떴다.

"쿠, 쿠루미, 방금 뭐라고……?"

"후후, 시도 씨도 참. 여자애에게 그런 말을 두 번이나 하게 하는 건 정말 꼴불견에 가까운 짓이랍니다."

쿠루미는 귀엽게 고개를 갸웃거리면서 말했다.

"데이……트?"

"예. 시도 씨와 데이트 하고 싶어요. 안 될까요?"

"아니, 그게……."

시도는 말문이 막혔다.

쿠루미로부터의 데이트 신청. ——솔직하게 말해 매우 위험한 짓이었다.

하지만 시도는 망설이고 말았다.

쿠루미가 전혀 무섭지 않다면 거짓말일 것이다. 그녀는 수많은 인간을 죽인 정령이다. 시도의 목을 치는 것 정도는 식은 죽 먹기이리라.

하지만 그런 공포보다——.

쿠루미와 한 번 더 대화를 나눠보고 싶다는 마음이 더 컸다.

"……."

하지만 시도의 침묵을 다른 식으로 받아들인 듯한 쿠루미는 작게 한숨을 내쉬었다.

"어머나, 저를 못 믿으시나 보군요. ……하긴, 그럴 만도 해요. 자신을 죽이려고 했던 상대와 데이트를 하는 건 쉽지 않은 일이겠죠. 하지만——."

쿠루미는 시도의 얼굴을 올려다보면서 말을 이었다.

"안심하세요. 저는 오늘, 시도 씨에게 해를 끼칠 생각이 없답니다. 그래도 못 믿으시겠다면, 제 양손에 수갑을 채워도, 목에 폭탄을 달아도 괜찮아요."

"아, 아니, 딱히 그런 건……."

시도가 말끝을 흐리자, 쿠루미는 눈을 동그랗게 뜨면서 양손을 얼굴에 댔다.

"아니면 단순히 저와 데이트하는 것이 싫으신 건가요? 흑흑, 정말 슬퍼요. 눈물이 날 것만 같아요."

"자, 잠깐……! 아, 아무도 그런 말 안 했다고!"

"우엥."

"어, 어이……."

시도는 난처한 표정을 지으면서 뒤통수를 긁적였다.

……뭐랄까, 쿠루미의 상태가 좀 이상해 보였다. 그저 시도를 놀리고 있는 것뿐일 가능성도 있지만…… 뭐랄까, 눈앞에 있는 쿠루미에게서는, 일전에 얼굴을 마주했던 최악의 정령과는 다른 분위기가 느껴졌다.

게다가…… 쿠루미는 방금, 시도에게 해를 끼칠 생각이 없다고 말했다.

물론 그것은 구두 약속이다. 깨려고 한다면 얼마든지 깰 수 있을 것이다.

하지만 쿠루미는 말을 돌리거나 비밀을 만들기는 해도, 자신이 한 말이나 약속은 지켰다.

게다가 어차피 위험한 상황이라는 사실에 변함이 없다면, 쿠루미의 제안을 거절해 그녀를 언짢게 만드는 것이야말로 최악의 선택일 것이다. "싫어."라고 말한 순간, 그대로 그림자 속으로 빨려 들어갈 가능성도 충분히 있었다.

시도는 잠시 동안 생각에 잠긴 후, 천천히 고개를 끄덕였다.

"……좋아. 데이트하자."

그 말을 들은 쿠루미의 표정이 환해졌다.

"정말인가요?"

활짝 핀 꽃을 연상케 하는 그녀의 순수한 미소를 본 시도는 약간 놀라고 말았다. 수많은 각오와 이해타산적 계산 끝에 그런 결단을 내린 시도는…… 왠지 맥이 풀렸다.

"후후, 정말 기뻐요. 시도 씨는 정말 상냥한 분이시군요."

밝은 목소리로 그렇게 말한 쿠루미는 시도의 팔을 끌어안았다.

"우왓, 쿠, 쿠루미?! 자, 잠깐……."

깜짝 놀란 시도는 볼을 붉혔다. 아무리 최악의 정령이라고 해도, 겉보기에 그녀는 아름다운 소녀였다. 그런 여자애가 이렇게 대담한 행동을 하니, 신체 건전한 남자 고교생인 시도로서는 여러모로 곤란할 수밖에 없었다.

"어, 어이, 너무 가까운 것 아냐……?"

"어머?"

하지만 쿠루미는 그런 시도를 보며 웃음을 터뜨린 후, 더욱 몸을 밀착시켰다.

"괜찮아요. 왜냐하면—— 저희는 지금 데이트를 하고 있잖아요. 우후후, 지금은, 지금 이 순간만큼은, 시도 씨는 저만의 것이에요. 아…… 혹시 저와 팔짱을 끼는 게 싫으신 건가요?"

쿠루미는 풀이 죽은 듯한 목소리로 말했다. 그 말을 듣고 정체불명의 죄책감을 느낀 시도는 "으……." 하고 신음을 흘렸다.

"아, 아니, 딱히 그런 건 아닌데……."

"그렇군요. 우후후. 그럼 가죠."

쿠루미는 그렇게 말하면서 걸음을 옮겼다. 시도는 그녀에게 끌려가듯 상점가 안을 걸었다.

──기묘하게도 이 날은 7월 7일.

은하에 가로막혀 만나지 못하는 견우와 직녀처럼, 대로를 걷는 사람들에게 가로막혀 있던──.

두 사람이, 재회했다.

◇

"……그런데 쿠루미. 지금 어디 가는 거야?"

걷기 시작한 후 어느 정도 시간이 흘렀을 즈음, 시도는 쿠루미에게 물었다.

"실은 가보고 싶은 곳이 있답니다."

"가보고 싶은 곳? 그게 어디인데?"

"우후후, 비밀이에요."

쿠루미는 검지를 입술에 살짝 대면서 그렇게 말했다. 그 귀여운 동작을 본 순간, 시도의 가슴이 크게 뛰었다.

하지만 시도는 가슴을 진정시켰다. 쿠루미와 대화를 나눌 기회를 얻은 것은 정말 잘 된 일이다. 하지만 그렇다고 해서 그녀의 위험도가 떨어진 것은 아니었다. 한순간의 방심 때문에 목숨을 잃을 수 있는 상황인 것은 여전했다.

시도가 그런 생각을 하고 있을 때, 시도를 잡아끌면서 걸음을 옮기고 있던 쿠루미가 갑자기 걸음을 멈췄다.

그리고 그녀는 미소를 지으면서 혀로 입술을 살짝 핥은 후, 시도를 바라보았다.

"──아아, 아아. 정말, 맛있어…… 보여요~."

"……윽!!"

그 말을 들은 순간, 시도는 그 자리에 딱딱하게 얼어붙었다.

"뭐……, 너, 서, 설마──."

시도는 떨리는 목소리로 그렇게 말하면서 쿠루미에게서 떨어지려고 했다. 하지만 쿠루미는 쇠사슬처럼 시도의 팔을 옭아맨 채 떨어지려 하지 않았다.

"하아……."

초승달 같은 미소를 입가에 머금은 쿠루미는 시도──의 옆에 있는 포장마차를 손가락으로 가리켰다.

그곳에서는 『조릿대 카스텔라』라는 것을 팔고 있었다. 한입 크기의 카스텔라 안에는 팥소와 커스터드 크림이 들어있는 것 같았다. 확실히 맛있어 보였다.

"시도 씨가 보기에도 맛있어 보이죠?"

"응? 아…… 카, 카스텔라 말이야……?"

"──어머나. 시도 씨, 혹시 제 말을 듣고 오해하셨나요?"

시도가 맥이 풀린 듯한 표정을 짓자, 쿠루미는 빙긋 웃으면서 말했다. ……왠지 쿠루미에게 놀림을 당한 것 같은 느낌이 들었다.

"너……."

"우후후, 그래도 정말 맛있어 보이지 않나요? 아, 카스텔라 외에도 맛있어 보이는 걸 많이 파네요. 저 가게에서는 『은하 빙수』라는 걸 파는 것 같아요."

쿠루미의 말을 듣고 고개를 돌려보니, 블루 하와이 시럽 위에 연유를 듬뿍 뿌린 데다, 컬러풀한 토핑이 놓여 있는 빙수를 파는 가게가 눈에 들어왔다.

"……아하, 밀키 웨이 빙수네. 네이밍 센스 괜찮은걸."

"아, 저쪽에서는 『직녀 솜사탕』이라는 걸 팔아요."

"직녀가 짠 솜사탕이라는 뜻에서 저런 이름을 붙인 걸까? 좀 억지스럽네……."

"저쪽에는 『견우 육포』라는 걸 파는 가게도 있네요."

"잠깐만. 그렇게 말하니까 견우가 꼭 육포 만드는 사람 같잖아."

시도는 다들 가게 명칭을 독특하게 지었다고 생각하며 미간을 살짝 찌푸렸다.

바로 그때, 쿠루미가 손으로 입을 가리면서 웃음을 터뜨렸다.

"우후후. 시도 씨와 같이 있으면 정말 즐겁네요."

"아니, 나는 딱히……."

시도가 말을 끝까지 잇기도 전에, 쿠루미는 그의 팔을 잡아끌면서 걸음을 옮겼다.

"자, 우리 저쪽으로 가봐요, 시도 씨."

"어, 어이, 잡아끌지 마!"

"우후후, 한정된 시간을 유효하게 즐겨야 하지 않겠어요? 자아, 시도 씨. 단둘이 있는 이 소중한 시간을 마음껏 즐기죠."

쿠루미는 웃음을 터뜨리면서 걸음을 옮겼다. 시도는 그런 쿠루미에게 끌려가면서 상점가를 빠져나갔다.

그 후, 15분 정도 걸었을 즈음, 쿠루미가 앞쪽에 있는 건물을 손가락으로 가리키면서 입을 열었다.

"여기예요."

"여기는…… 플라네타륨이잖아."

그렇다. 쿠루미가 시도를 데리고 온 곳은 상점가에서 조금 떨어진 곳에 있는 플라네타륨이었다.

"예. 실은 전부터 한번 와보고 싶었어요."

"흐음…… 조금 의외네."

"어머, 그 말은 어떤 의미죠?"

"그, 그게…….'"

시도는 변명을 하려다…… 마음속으로 깜짝 놀라고 말았

다. ──무심코 농담에 가까운 말을 할 정도로 긴장을 푼 자기 자신에게 놀랐기 때문이다.

아니, 딱히 긴장을 푼 것은 아니었다. 하지만 상점가에서 나온 후로, 쿠루미에게서는 적의나 살의 같은 것이 눈곱만큼도 느껴지지 않았기 때문에 무의식적으로 경계심을 푼 것 같았다.

그렇다. 지금 시도의 옆에 있는 쿠루미는 평범한 여자애 같았다.

시도와 팔짱을 낀 채, 즐겁게 잡담을 나누면서, 행복해 보이는 미소를 짓는…… 지극히 평범한 소녀 같았다.

그 탓일까──. 짧은 시간 동안이지만, 시도는 지난달에 벌어진 쿠루미와의 전투를 망각할 뻔했다.

"……."

시도는 아무 말 없이 쿠루미를 바라보았다.

……그녀의 의도는 알 수 없다. 시도를 방심하게 만든 후 『잡아먹을』 생각인 걸까? 하지만 그렇다면 이렇게 번거로운 짓을 할 필요 없이, 시도와 만난 순간 그를 잡아먹으면 되었을 것이다. 그렇다면 대체 왜? 설마 진짜로 시도와 데이트를 하러 온 것일까……? 아니, 그것이야말로 말도 안 되는 소리였다. 〈라타토스크〉 측에 포착당할 위험을 감수하면서까지 시도를 만나러 온 것을 보면 분명 그에 버금가는 목적이──.

"……? 시도 씨? 무슨 일 있으세요?"

"아…… 아무것도 아냐. 들어가자, 쿠루미."

시도는 얼버무리듯이 그렇게 말한 후, 쿠루미와 함께 플라네타륨 안으로 들어갔다.

그리고 입장료를 내고 좌석에 앉자── 잠시 후, 조명이 꺼지면서 안내 방송이 들려왔다.

『──플라네타륨에 입장해주신 여러분, 진심으로 감사드립니다. 오늘의 프로그램은──.』

안내 방송이 끝나자, 반구형 천장에 수많은 별들이 표시되었다.

"와아……."

옆자리에서 탄성이 들리자, 시도는 무심코 그쪽을 쳐다보았다.

쿠루미는 눈을 반짝이면서 찬란히 빛나고 있는 별들을 바라보고 있었다.

"……."

그 순진무구한 모습을 본 시도는 볼을 긁적인 후…… 낮은 한숨을 내쉬면서 천장을 올려다보았다.

……쿠루미가 무슨 생각을 하고 있는 것인지 정말 알 수가 없었다.

시도가 그런 생각을 하면서 당혹스러워하고 있을 때, 천장에 수많은 별들로 구성된 띠── 은하수가 펼쳐지더니,

은하수 양옆에 있는 커다란 별이 반짝였다.

『──은하 근처에서 살던 옥황상제의 딸·직녀는 아름다운 베를 짜는 선녀입니다.

하지만 소치기인 견우와 결혼한 후, 두 사람은 자신의 일을 내팽개친 채 매일같이 놀기만 했죠. 그 모습을 보고 분노한 직녀의 아버지·옥황상제는 두 사람이 각자의 일을 할 수 있도록, 두 사람을 떼어놓았습니다.

두 사람이 만날 수 있는 것은 1년에 딱 하루, 7월 7일 밤뿐이었습니다. 하지만 그날, 비가 내리면 은하가 범람해 건널 수 없게 된답니다──.』

아무래도 7월 7일을 기념해 칠석의 유래에 관한 프로그램을 하는 것 같았다.

시도가 오른편을 힐끔 쳐다본 순간, 이쪽을 쳐다보고 있던 쿠루미와 시선이 마주쳤다.

"──!"

"……후후."

시도는 깜짝 놀란 표정을 지었지만, 쿠루미는 요염한 미소를 머금으면서 시도의 손 위에 자신의 손을 얹었다. 손등에서 약간 차가우면서도 부드러운 감촉이 느껴지자, 시도는 심장이 뛰었다.

"쿠, 쿠루미……?"

시도가 말을 걸면서 쿠루미를 바라보았지만, 그녀는 어느새 천장을 향해 고개를 돌린 후였다.

　동요한 시도를 전혀 개의치 않으면서, 쿠루미는 천천히 입을 열었다.

　"저기—— 시도 씨."

　"왜, 왜……?"

　"견우와 직녀는 은하 때문에 1년에 한 번밖에 만나지 못한다죠?"

　"……그래."

　"하지만 7월 7일에 비가 내리면 그 기회조차 잃고 만다면서요?"

　"으음…… 뭐, 여러 가지 설이 있기는 하지만…… 보통 그렇게 말하지."

　시도의 말을 들은 쿠루미는 작게 숨을 들이켠 후 말을 이었다.

　"만약…… 만약 말이에요. 몇 년이나, 몇 년이나, 몇 년이나…… 계속 7월 7일에 비가 내려서 만나지 못한다고 해도…… 두 사람은 서로를 사랑할 수 있을까요?"

　"뭐……?"

　전혀 예상치 못한 질문을 받은 시도는 고개를 갸웃거렸다.

　"왜 그런 걸 묻는 거야?"

　"시간은 그 무엇보다도 상냥하답니다. 1년에 단 한 번밖에 없는 기회를 잃은 두 사람의 슬픔조차 시간은 언젠가 치유

해줄 거예요. 그리고 시간은 그 무엇보다도 잔혹하답니다. 영원한 사랑을 맹세한 두 사람의 사랑조차 언젠가는 풍화되고 말 거예요. 서로를 확인할 수 있는 유일한 기회를 잃은 두 사람은 대체 언제까지 서로를 향한 사랑을 마음에 품고 있을 수 있을까요?"

"꽤…… 어려운 이야기네."

시도는 그렇게 말하면서 약간 난처한 표정을 지었다. 솔직히 말해 명확한 대답을 내놓을 수 있는 질문이 아니었다.

하지만 쿠루미는 시도의 대답을 기다리듯, 그를 지그시 바라보며 아무 말도 하지 않았다. 그 진지한 눈빛을 본 순간, 시도는 멈칫했다.

"저기…… 쿠루미?"

"예."

"나는 견우도 직녀도 아냐. 그러니 어디까지나 내 개인적인 견해로서 들어줬으면 좋겠는데 말이야."

"예."

"아마 그 두 사람은 영원히 서로를 잊지 않을 거야."

시도의 말을 들은 쿠루미는 고개를 갸웃거렸다.

"왜 그렇게 생각하시는 거죠?"

"한번 생각해봐. 너무 사이가 좋아서 일을 하지 않는다는 이유로 헤어지게 된 두 사람이잖아? 웬만한 일이 있지 않은 한, 서로를 잊지 않을 거야."

"……그럴, 까요."

쿠루미는 한숨 섞인 목소리로 말했다. 아무래도 그녀가 원하는 대답이 아니었던 것 같았다.

하지만 시도의 이야기는 아직 끝나지 않았다. 그는 가볍게 고개를 저으면서 입을 열었다.

"서둘러 결론을 내리지 마. 이렇게 생각하는 데는 다 근거가 있다고."

"근거……라구요?"

"응. 내 생각에…… 그 두 사람, 실은 남들 몰래 시도 때도 없이 만나고 있을 거야."

"예?"

쿠루미는 의외라는 듯이 눈을 동그랗게 떴다.

"그게 무슨 말이죠? 두 사람 사이에는 은하가 있어서 만날 수가 없잖아요."

"아니, 잘 생각해봐. 견우성의 다른 명칭은 알타일. 독수리자리 중 가장 밝은 별이잖아? 독수리라면 강 정도는 가볍게 넘어갈 수 있을 거야. 그 녀석들, 옥황상제 몰래 지금도 만나고 있을걸? 그러니 서로를 잊을 수 없을 거야."

"……."

시도의 말을 들은 쿠루미는 잠시 동안 놀란 듯한 표정을 짓더니──.

"후, 후후…… 하하, 아하하하."

잠시 후, 도저히 참을 수가 없다는 듯이 웃음을 터뜨렸다. 그것도 남들에게 다 들릴 만큼 크게 말이다.

주위에서 헛기침 소리와 함께 날카로운 시선이 날아왔다. 그런데도 쿠루미는 웃음을 그치지 않았다.

"어, 어이…… 쿠루미. 우리 일단 나가자. 응?!"

시도가 그렇게 말하면서 손을 잡아당기자, 쿠루미는 계속 웃음을 터뜨리면서도 순순히 그의 뒤를 따랐다.

시도는 주위에 있는 손님들에게 고개를 숙이면서 밖으로 나왔다.

그 후로 어느 정도 시간이 흘렀을 즈음에야 쿠루미는 웃음을 그쳤다. 하지만 웃음을 그쳤다고는 해도, 아직 눈가에는 눈물이 맺혀 있었고 입가에는 미소가 맺혀 있었다.

"하아~ 후후, 시도 씨 덕분에 정말 시원하게 웃었어요. 그래요…… 확실히 시도 씨의 말이 맞아요."

"……딱히 쿠루미를 웃길 생각으로 그런 소리를 한 건 아닌데 말이야. 좀 진정되었으면 다시 안에 들어갈까?"

시도가 묻자, 쿠루미는 "아뇨."라고 말하면서 고개를 저었다.

"별자리 구경은 충분히 했어요. 그것보다── 칠석 때 종이에 소원을 적어서 조릿대에 걸면 이루어진다면서요? 한번 해보고 싶어요."

"효과는 사람에 따라 천차만별이라지만 말이야. ……으

음, 상점가에 조릿대가 있었어. 종이도 무료로 나눠주던 것 같은데, 가볼까?"

"예. 정말 기대돼요."

쿠루미는 귀여운 미소를 지은 후, 또 시도와 팔짱을 꼈다.

"어, 어이……."

시도는 저항을 시도해보려다…… 부질없는 짓이라는 사실을 깨닫고는 그녀와 팔짱을 낀 채 플라네타륨에서 나왔다.

그리고 두 사람은 왔던 길을 돌아가기 시작했다.

건물을 나오기 전에 시계를 보니, 오후 여섯 시가 약간 지나 있었다. 하늘은 붉은색으로 물들어 가고 있었고, 지면에는 긴 그림자가 드리워져 있었다.

……슬슬 굶주린 토카가 이츠카 가에 쳐들어올 시간이 다 되어가니 빨리 집에 가서 식사 준비를 해야 할 시간이지만, 쿠루미에게서 도망치는 것은 무리였다. 게다가── 일전에 만났을 때와는 분위기가 다른 쿠루미를 홀로 내버려두고 도망가는 것이 시도는 주저되었다.

그리고── 상점가 근처에 왔을 즈음, 쿠루미는 "아." 하고 낮은 목소리를 내면서 걸음을 멈췄다.

"아…… 무슨 일이야?"

"저길 봐요, 시도 씨."

시도는 쿠루미의 손가락이 향하고 있는 방향을 쳐다보았다.

그곳에는 자그마한 결혼식장과 『웨딩드레스 무료 시착!』

이라고 적힌 간판이 있었다.

"저, 실은 예전부터 웨딩드레스를 한번 입어보고 싶었답니다. 괜찮으면 잠시 들렀다 가면 안 될까요?"

"나, 나는 아직 고교생인데……. 그, 그리고 왜 저런 걸……."

"……."

시도의 말을 들은 쿠루미는 잠시 동안 입을 다문 후, 쓸쓸한 표정을 지었다.

"……시도 씨와 추억을 만들고 싶답니다. 그리고—— 시도 씨가 저와의 추억을 마음속에 간직해줬으면 해요."

"뭐?"

쿠루미가 그녀답지 않게 애처로운 목소리로 그렇게 말하자, 시도는 무심코 눈썹을 찌푸렸다.

"……안 될, 까요?"

"으……."

쿠루미의 물기 어린 눈동자를 본 시도는 말을 삼켰다.

"아, 알았어. 일단 물어보고, 안 된다면 포기하는 거다?"

"아! 예! 그렇게 할게요."

쿠루미는 환한 미소를 지었다.

그녀의 순진무구한 표정을 보고 페이스가 흐트러진 시도는 그녀와 함께 결혼식장을 향해 걸음을 옮겼다.

"시도 씨…… 대체 어디 가신, 걸까요?"

저녁노을이 드리워진 상점가 안을 걸으면서, 요시노는 말했다.

챙이 넓은 밀짚모자를 쓴 자그마한 체구의 소녀였다. 사파이어 같은 아름다운 눈동자와 왼손에 낀 코미컬한 디자인의 퍼핏 인형 『요시농』이 특징적이었다.

"음, 그렇구나. 대체 어디 간 건지……."

"흥. 아마 상점가 쪽에서 저녁 메뉴를 고민하고 있는 걸 거야. 빨리 찾아서 데리고 돌아가자."

요시노의 질문에 대답하듯, 앞장서서 걷고 있던 두 소녀가 입을 열었다.

한 사람은 칠흑 빛깔의 긴 머리카락과 수정 같은 눈동자를 지닌 소녀── 토카. 다른 한 사람은 검은색 리본으로 머리카락을 나눠 묶은 소녀── 코토리였다.

원래 그녀들은 오늘 이츠카 가에서 저녁을 먹을 예정이었다. 하지만 시장을 보러 간 시도가 아무리 기다려도 돌아오지 않는데다 연락도 되지 않았기 때문에, 그가 걱정된 세 사람은 시도를 찾으러 상점가에 온 것이다.

바로 그때.

"음?"

무언가를 발견한 토카가 코토리의 어깨를 두드렸다.

"코토리, 코토리."

"왜 그래? 시도를 발견했어?"

"아니, 그게 아니라…… 저게 뭔가 해서 말이다."

토카는 대로 쪽을 손가락으로 가리켰다.

그곳에는 길을 따라 수많은 조릿대가 놓여 있었다. 그리고 그 조릿대에는 조그마한 종이 같은 것이 잔뜩 달려 있었다.

"아…… 조릿대야. 그러고 보니 오늘은 칠석이었지."

"조릿대? 칠석?"

"응. 저건 칠석날 하는 전통 놀이 같은 거야. 종이에 소원을 적어서 저 조릿대에 달면, 그 소원이 이뤄진다고 해."

"뭐, 뭐어……?!"

코토리의 설명을 들은 토카가 눈을 반짝였다.

"코…… 코토리!"

"……하아. 해보고 싶으면 해봐."

"으, 음!"

코토리의 말을 들은 토카는 크게 고개를 끄덕인 후, 조릿대를 향해 달려갔다.

그 모습을 보며 코토리는 요시노를 향해 고개를 돌렸다.

"요시노도 해보고 싶으면 해봐."

"아…… 그, 그래도 될까요……?"

"물론이야. ──뭐, 그 소원이 꼭 이루어지는 건 아니지만 말이야. 모처럼이니까 우리 함께 해보자."

"아, 예……!"

요시노는 코토리와 함께 대로 쪽으로 걸어가더니, 상점가 사람들이 나눠주는 종이를 두 개 받았다. 그리고 종이와 함께 받은 펜으로 『요시농』과 함께 소원을 적기 시작했다.

"오오, 너희는 어떤 소원을 적었느냐?"

다른 사람들보다 먼저 소원을 다 적은 토카가 코토리가 소원을 쓰고 있는 종이를 쳐다보았다.

"……윽!"

그러자 코토리는 숨을 삼키면서 종이에 적은 소원에다 마구 줄을 그어댔다. 알아볼 수 없을 정도로 말이다.

"음? 코토리, 왜 그러느냐?"

"아, 아무것도 아냐. 글자를 잘못 적었을 뿐이라구."

그렇게 말한 코토리는 종이의 빈칸에 다시 소원을 적었다.

"음? 조금 전의 소원과는 다른 것 같다만?"

"으윽! 토, 토카가 잘못 본 거야! 차, 참, 요시노는 다 썼어? 다 썼으면 빨리 조릿대에 걸고 시도를 찾으러 가자!"

"음? 으, 음……."

"아, 예……."

코토리의 기세에 압도당한 토카와 요시노는 고개를 끄덕였다.

그리고 종이를 조릿대에 단 후, 그녀들은 수많은 인파로 북적대고 있는 대로에서 빠져나왔다.

"휴우…… 그건 그렇고 사람이 너무 많으니 시도를 찾는 게 쉽지 않네. ──어쩔 수 없지. 흩어져서 찾아보자. 나는 상점가 북쪽, 토카는 남쪽, 요시노와 요시농은 상점가 외곽 쪽을 찾아봐 줘. 30분 동안 찾아보고도 시도를 발견하지 못했을 경우에는 다시 이곳에서 집합하는 거야. 알겠어?"

"음, 알았다!"

"아, 예…… 알았어요."

『오케이! 맡겨만 줘~!』

토카와 요시노, 그리고 『요시농』이 고개를 끄덕였다.

"좋아…… 그럼 수색 개시!"

그리고 잠시 후, 세 사람과 인형 하나는 시도를 찾기 위해 흩어졌다.

요시노의 담당 구역은 상점가 외곽이었다. 대로에 비해 사람이 적고, 모르는 사람과 몸이 부딪힐 가능성도 적었다. 아마 코토리가 요시노를 배려해서 이곳을 맡긴 것이리라.

요시노는 마음속으로 코토리에게 고맙다고 말한 후, 시도를 찾기 시작했다.

"……시도 씨, 위험한 일에 휘말린 것만 아니었으면 좋겠는데……."

요시노가 혼잣말하듯 중얼거리자, 왼손의 『요시농』이 우후후후, 하고 의미심장한 웃음소리를 흘렸다.

『이야~, 위험한 일이라도, 그쪽 계통의 위험한 일에 휘말린 거 아닐까~?』

"그쪽 계통……?"

『여자 말이야~ 여·자~. 꺄아~! 시도 군은 밝힘증!』

그렇게 말한 『요시농』은 양손으로 얼굴을 가린 후, 몸을 배배 꼬았다.

"시, 시도 씨가 그럴 리가……."

요시노는 쓴웃음을 지으면서 그렇게 말하다──.

"어……?"

다음 순간, 눈을 치켜뜨면서 그 자리에서 딱딱하게 얼어붙었다.

이유는 간단했다. 시도가 처음 보는 소녀와 함께 걷고 있는 모습을 보았기 때문이다.

"저, 저쪽……."

『오오, 시도 군 발견~. 꺄아~! 엄청난 미인과 같이 있네~. 꽤 하는걸!』

"아, 아아……."

요시노가 떨리는 목소리로 신음을 흘리고 있을 때, 시도는 옆에 있는 소녀와 함께 한 건물 안으로 들어갔다.

──그 건물은 바로 결혼식장이었다.

"앗……?!"

『와우~.』

자세한 것은 모르지만 결혼이라는 것은 영원한 사랑을 맹

세하고 평생을 함께하게 되는 것이라고 들은 적이 있다.

——설마 시도 씨가 저 소녀와……?

"……으."

요시노는 숨을 삼킨 후, 두 사람이 들어간 결혼식장을 향해 걸음을 옮겼다.

입구 쪽에 서서 안쪽을 쳐다보았다. 시도는 접수처에 앉아 있는 사람과 이야기를 나누고 있었고, 예의 소녀는 그런 시도의 뒤에 서 있었다.

비단 같은 검은 머리카락과 아름다운 얼굴. 무시무시할 정도로 아름다운 소녀였다.

"시, 시도 씨…… 왜……."

"……어머?"

요시노가 믿기지 않는 것을 본 듯한 눈빛으로 그 소녀를 응시하자, 그 시선을 눈치챈 듯한 소녀가 요시노를 향해 걸어왔다.

"안녕하세요. 저한테 무슨 볼일이라도 있으신가요?"

"히익……."

처음 보는 사람이 느닷없이 말을 걸자, 낯가림이 심한 요시노는 어깨를 부르르 떨었다.

하지만 지금은 낯을 가리고 있을 때가 아니라고 생각한 요시노는 용기를 쥐어짜내면서 입을 열었다.

"저, 저기…… 다, 당신은…… 시도 씨와, 어떤……."

요시노가 시도의 이름을 입에 담자, 그녀는 의외라는 듯이 눈을 동그랗게 떴다.

"시도 씨의 지인이신가요? 어머……? 그러고 보니 당신, 어딘가에서……."

그녀는 잠시 동안 생각에 잠긴 후, 뭔가를 납득한 것처럼 작게 고개를 끄덕였다.

"……?"

"아, 신경 쓰지 마세요. 그것보다 저와 시도 씨의 관계……를 물으셨죠?"

"아…… 예……."

요시노가 고개를 끄덕이자, 그녀는 요염한 미소를 지었다.

"으음, 뭐라고 말씀드리면 좋을까요. 끊으려야 끊을 수 없는 인연으로 이어져 있다고나 할까, 영원히 떨어질 수 없는 사이라고나 할까…… 다른 사람은 끼어들 수조차도 없을 만큼 농밀하고 특별한 관계랍니다."

"예? 예……?"

그 소녀의 말을 들은 요시노는 눈을 동그랗게 떴다. 그런 요시노의 반응을 재미있어하면서 그녀는 말을 이었다.

"시도 씨에 대해서는 몸 구석구석까지 알고 있어요. 그의 온몸을 마치 핥듯이 살핀 적이 있거든요. 아아…… 특히 지난달에 만났을 때는 정말 뜨거운 밤을 보냈었죠. 시도 씨와 이야기를 나누고 있을 때, 느닷없이 제 몸속에 뜨거운 무언

가가 삽입되어서…… 우후후, 시도 씨에게 책임을 져달라고
해야겠군요."

"뭐, 뭐……."

"아, 참. 제가 지금 입고 있는 속옷은 시도 씨가 직접 골라
주신 거랍니다. 한번 보시겠어요?"

소녀는 그렇게 말하면서 프릴이 달린 치마의 끝자락을 잡
고 천천히 들추기 시작했다.

"……윽?!"

그 모습을 보고 당황했는지 눈이 빙글빙글 돌기 시작한
요시노는 도망치듯 어딘가를 향해 부리나케 뛰어갔다.

"후후후, 다음에 또 봐요."

그녀가 웃음을 흘리면서 그렇게 말했지만, 요시노에게는
그녀를 돌아볼 여유가 없었다. 엉망진창이 된 머릿속을 제대
로 정리하지도 못한 채, 요시노는 그저 길을 따라 내달렸다.

◇

"왠지…… 긴장되네……."

결혼식장의 대기실에 있는 시도는 목덜미를 매만지면서
말했다.

하지만 그것도 무리는 아니었다. 태어나서 처음으로 흰색
턱시도를 입은 남자는 보통 그런 느낌을 받을 것이다.

결론부터 말하자면, 시도&쿠루미 같은 고교생 커플이라
도 드레스를 입어볼 수 있다고 한다.

아니, 정확하게 말하자면 접수처의 여성은 처음에는 꽤
투덜댔지만, 쿠루미가 귓속말을 하자 꽤나 협력적으로 바뀌
었다. 구체적으로 말하자면…… 신랑용 턱시도까지도 빌려
줄 정도였다.

"쿠루미 녀석, 대체 뭐라고 한 거야……?"

그렇게 말하면서 한숨을 내쉬던 시도는── 갑자기 고개
를 치켜들었다.

"아…… 잠깐만. 지금은 핸드폰을 쓸 수 있잖아!"

결혼식장 안의 분위기에 완전히 휩쓸린 탓에 거기까지 생
각이 미치지 않았다. 시도는 옷걸이에 걸려 있는 바지의 호
주머니에서 핸드폰을 꺼냈다. 화면에는 부재중 통화가 몇
건이나 와 있었다. 아무래도 다른 사람들에게 꽤 걱정을 끼
친 것 같았다.

"일단 코토리에게 연락해야지."

하지만 시도가 착신 이력을 펼치려고 한 순간, 대기실 문
이 활짝 열리면서 조금 전에 접수처에 있던 여직원이 들어
왔다.

"자아 신부분의 준비가 끝났어요! 신랑분, 이쪽으로 오세
요!"

의욕에 찬 목소리로 그렇게 말한 그녀는 시도의 손을 잡

아끌었다.

"아, 잠깐만⋯⋯."

너무 갑작스러운 일이라 저항하지 못한 시도는 결국 전화를 걸지 못한 채 대기실 밖으로 끌려 나왔다.

그 여직원은 다른 대기실 앞까지 온 후에야 시도의 손을 놓았다.

"자 들어가세요."

"아, 예⋯⋯."

의욕 없는 목소리로 그렇게 대답한 시도는 문을 열었다.

그리고 다음 순간.

"————."

대기실 한가운데에 서 있는 쿠루미의 모습을 본 시도는 할 말을 잊었다.

평소 쿠루미의 이미지와는 대조적인 느낌인 순백의 드레스가 그녀의 몸을 감싸고 있었다. 그녀의 몸매를 그대로 드러내듯 타이트하게 몸과 밀착되어 있는 상반신 부분과 부드러워 보이는 비단 장갑. 그리고 허리 아래로 쭉 뻗어 있는 긴 스커트 부분에는 아름다운 수가 놓여 있었다.

머리 위로 틀어 올린 그녀의 흑발 위에는 새하얀 면사포가 놓여 있었다. 옅은 화장이 된 얼굴 또한—— 시선을 떼지 못할 만큼 아름다웠다.

"후후⋯⋯ 그렇게 쳐다보시면 부끄럽답니다."

"윽! 아…… 미, 미안. 너, 너무…… 아름다워서……."

"어머나, 기뻐요."

시도의 말을 들은 쿠루미는 볼을 붉히면서 단아한 미소를 지었다. 그러자, 시도의 뒤에 서 있던 여직원이 감격한 듯한 표정을 지으면서 손수건으로 눈가를 닦았다.

"……어이, 쿠루미. 너, 저 사람에게 뭐라고 말했어?"

"아, 저분에게요? 별말 하지 않았답니다. 그저 ˝저는 난치병에 걸려서 머지않아 이 세상을 떠날 거예요. 아마 그와 결혼할 수 있는 나이까지 살지 못할 거랍니다. 그 사실을 안타깝게 여긴 그가 하다못해 신부 의상만이라도 저에게 입혀주고 싶어 해서…….˝라고 말했을 뿐이에요."

"……어이, 그건 새빨간 거짓말이잖아."

"우후후, 과연 그럴까요?"

시도가 도끼눈을 뜨면서 그렇게 말하자, 쿠루미는 장난기 섞인 미소를 지었다.

그 모습을 눈물을 흘리면서 지켜보고 있던 여직원이 훌쩍거린 후, 두 사람을 향해 말했다.

"자, 괜찮으시면 예배당 쪽으로 가시지 않겠어요? 서비스로 기념사진을 찍어드릴게요."

"아…… 그, 그러실 것까지는 없어요."

"무, 무슨 소리를 하는 거죠?! 이게…… 이게 마지막으로 찍는 결혼사진일지도 모르잖아요……!"

열기를 띤 목소리로 그렇게 외친 후, 여직원은 또 오열하면서 손수건으로 얼굴을 감쌌다. 아무래도 꽤 눈물이 많은 사람인 것 같았다.

"괜찮잖아요, 시도 씨. 저도…… 시도 씨와 사진을 찍고 싶어요."

"……으, 음……."

시도는 '괜찮을까.' 하고 생각했지만, 이제 와서 "전부 거짓말이었습니다요."라고 말하는 건 무리였다. 게다가 반대할 이유도 딱히 없었다.

결국 사진을 찍기로 한 시도는 쿠루미와 함께 걸음을 옮겼다.

쿠루미와 함께 건물 뒤편으로 가보니, 그곳에는 넓은 정원 같은 공간이 있었다.

마을의 소음으로부터 격리된 듯한 조용한 공간이었다. 그리고 중앙에는── 가라앉고 있는 태양에서 뿜어져 나온 저녁노을에 의해 오렌지빛으로 물든 예배당이 있었다.

작지만 잘 손질된, 아름다운 예배당이었다. 초콜릿 색깔의 문을 열자, 줄 맞춰 놓여 있는 의자 사이로 깔려 있는 융단과 안쪽에 있는 제단, 그리고 거대한 십자가와 눈부신 스테인드글라스가 눈에 들어왔다.

"자, 제단 앞에 서세요! 제가 사진을 찍어드릴게요!"

"아, 예. 잘 부탁드립니다."

"우후후, 고마워요."

거대한 DSLR 카메라를 든 여직원의 지시에 따라, 시도와 쿠루미는 제단 앞에 나란히 섰다.

"그럼 이쪽을 쳐다보세요. 자, 좀 더 붙으세요. 신랑분, 긴장 풀고 미소 지으세요."

"하, 하하……."

그 말을 들은 시도가 어색한 미소를 지은 순간, 찰칵 하는 셔터 소리가 예배당 안에 울려 퍼졌다.

◇

결혼식장에서 뛰쳐나와 앞도 안 보며 내달리던 요시노는 느닷없이 부드러운 무언가와 부딪혔다.

"꺄아……!"

"요시노? 그렇게 허둥지둥 어디를 가고 있는 것이냐?"

아무래도 요시노가 부딪힌 것은 토카였던 것 같았다. 토카는 고개를 갸웃거리면서 요시노를 바라보았다.

"토, 토카…… 씨. 시도, 씨……가……."

"음? 시도에게 무슨 일이라도 있는 것이냐?"

요시노가 숨을 헐떡이면서 그렇게 말하자, 소녀── 토카는 미간을 살짝 찌푸렸다.

"예……. 그게……."

요시노는 숨을 고른 후, 토카에게 조금 전에 있었던 일을 설명했다.

"뭐, 뭐……? 시도가, 치마를 들추는 여자와 결혼……?"

토카는 당혹스러워하면서 눈썹을 찌푸렸다.

뭐, 무리도 아니었다. 실제로 현장을 본 요시노도 어째서 그런 일이 벌어진 것인지 이해가 되지 않았기 때문이다.

바로 그때.

"아…… 토카, 요시노. 너희 쪽은 어때? 시도를 찾았어?"

토카와 요시노가 서로를 바라보면서 당혹스러워하고 있을 때, 누군가의 목소리가 들렸다. ——바로 코토리였다.

"오오, 코토리. 마침 잘 왔다. 요시노가 시도를 발견하긴 한 것 같다만……."

"정말? 어디 있는데?"

"그게 말이다. 귀여운 여자의 치마를 들추면서 뜨거운 밤을 보낸 시도가, 자기가 한 일에 책임을 지기 위해 결혼을 하기로 한 것 같다."

"뭐……?"

토카의 말을 들은 코토리는 눈을 크게 뜨며 입을 쩍 벌렸다.

그리고 잠시 후, 얼굴이 새빨갛게 달아오른 코토리는 분노에 찬 목소리로 외쳤다.

"지, 지금 나랑 장난해?! 시, 시도가 결혼?! 그, 그그그, 그게 무슨 소리야?!"

"나, 나도 잘 모르겠다만……."

"헛소리하지 마! 대체 어디서 굴러먹다 온 말 뼈다귀가 내 오빠를 농락한 거야?!"

고함을 지르면서 발을 동동 구른 코토리는 요시노를 향해 고개를 돌렸다. 그녀의 날카로운 시선을 받은 요시노는 "히익." 하고 새된 비명을 질렀다.

"그 녀석들 지금 어디 있어?! 요시노, 빨리 안내해!"

"아, 예……!"

자신이 토카에게 했던 설명과 토카가 코토리에게 한 설명이 조금 다른 것 같은 느낌이 들었지만…… 지금 중요한 것은 그게 아니라고 생각한 요시노는 별말 하지 않았다.

요시노는 토카와 코토리를 데리고 왔던 길을 되돌아가기 시작했다.

◇

사진을 찍은 후, 옷을 갈아입고 결혼식장에서 나와 보니, 밖은 이미 어둠에 휩싸여 있었다.

하지만 그렇다고 해서 이대로 작별 인사를 할 수는 없었다. 아직 쿠루미 양과의 특별 데이트가 끝나지 않았기 때문이다.

시도는 소원을 적은 종이를 조릿대에 달아보고 싶다는 쿠루미의 소망을 들어주기 위해 그녀와 함께 상점가를 향해 걸음을 옮기고 있었다.

"⋯⋯."

시도는 아무 말 없이 옆에서 걷고 있는 쿠루미를 바라보았다.

쿠루미는 조금 전에 여직원에게 받은 사진(진짜 결혼사진을 넣는 호화로운 케이스까지 서비스해줬다)을 소중히 품에 안은 채 콧노래를 부르고 있었다.

그리고 때때로 케이스를 열어서 안에 있는 사진을 보며 환한 미소를 짓곤 했다.

⋯⋯뭐랄까, 시도는 영문을 알 수가 없었다.

상대는 최악의 정령. 엄중한 경계가 필요한 소녀였다.

하지만 쿠루미는 오늘, 시도와 데이트를 하러 온 것으로 밖에 보이지 않았다.

"아, 시도 씨. 저기 좀 보세요."

바로 그때, 쿠루미의 목소리가 들렸다.

"응⋯⋯?"

그 말을 들은 시도는 고개를 들었다. 상점가의 대로를 따라 놓여 있는 조릿대의 잎들이 바람을 타고 밤하늘을 날고 있었다. 소원이 적힌 컬러풀한 종이가 달려 있는 그 잎들이 하늘을 날면서 아름다운 광경을 자아내고 있었다.

"우후후, 정말 아름답지 않나요?"

"그래······. 아, 저기서 종이를 나눠주고 있네. 받아서 써보는 게 어때?"

"예, 그렇게 할게요. ──시도 씨는 안 쓰실 건가요?"

"아, 나는 딱히······."

"우후후, 같이 써보시지 않겠어요?"

쿠루미가 상냥한 미소를 지으며 시도의 손을 잡았다. 그리고 그의 손을 잡아끌면서 조릿대 쪽으로 향했다.

조릿대 앞에는 긴 책상이 놓여 있었다. 이 책상에서 종이에 소원을 쓴 후, 바로 달면 되는 것 같았다.

시도는 쿠루미와 함께 종이를 받은 후, 페트병을 잘라서 만든 펜꽂이에 꽂혀 있는 사인펜을 들면서 으음 하고 낮은 신음을 흘렸다.

"소원······이라."

없는 건 아니지만······ 이렇게 종이에 적어서 빌어보려고 하니 딱히 떠오르는 것이 없었다.

다른 사람들은 어떤 소원을 빌었는지 궁금해진 시도는 별생각 없이 고개를 들었다.

"어······?"

그러자, 익숙한 이름이 적혀 있는 종이가 눈에 들어왔다.

『오늘 저녁에는 돈가스카레가 먹고 싶다. 야토가미 토카』

"토, 토카 녀석…… 대체 언제 여기에 왔던 거야?"

특징적인 필적을 보아하니, 본인이 쓴 게 틀림없어 보였다. 시도는 볼을 긁적이면서 돌아가는 길에 재료를 사가서 돈가스카레를 만들어야겠다고 결의했다.

그리고 옆으로 시선을 돌려보니, 다른 종이가 눈에 들어왔다.

『사람의 눈을 보고 이야기할 수 있게 되었으면 좋겠어요. 요시노』

『요시노가 행복해지게 해주세요. 요시농』

"하하……."

두 사람의 소원을 본 시도는 무심코 미소를 지었다. 아무래도 요시노와 『요시농』도 토카와 함께 이곳에 들렀던 것 같았다.

"그럼 혹시……."

시도는 주변에 있는 종이를 살펴보았다.

『시도가 좀 더 쓸 만한 사람이 되게 해주세요. 이츠카 코토리』

"코, 코토리 녀석……."

이것은 시도의 여동생·코토리가 소원을 적은 종이가 분명했다. 시도는 표정을 굳히며 미간을 찡그렸다가── 그 소원의 오른편에 글자를 알아보지 못하게 펜으로 떡칠을 해 놓은 것 같은 흔적을 발견했다.

"⋯⋯."

여동생님이 무슨 소원을 적었다가 이런 짓을 했는지 감이 오지 않았다. 아마 남들에게 보여줄 수도 없을 정도의 독설이 적혀 있어서 저럴 수밖에 없었던 것이리라.

시도는 한숨을 내쉬면서 볼을 긁적인 후, 자신의 종이를 쳐다보았다.

아무래도 그렇게 고심해서 쓸 필요는 없을 것 같았다. 시도는 『모든 정령들이 행복해지게 해주세요.』라고 적으려다 ──『정령』이 일반인들에게 알려지지 않은 존재라는 사실을 떠올렸다.

"으음⋯⋯."

결국 시도는 『공간진이 일어나지 않게 해주세요. 평화적으로.』라고 적었다. 뭐, 약간 완곡한 표현이기는 하지만, 의미 자체는 원래 쓰려던 것과 크게 다르지 않아 보였다.

"뭐, 이 정도면 됐겠지⋯⋯."

시도는 그렇게 말하면서 쿠루미를 바라보았다.

솔직히 말해, 그녀가 어떤 소원을 빌었을지 꽤 흥미가 갔다.

"쿠루미는 뭐라고 적었어?"

시도가 그렇게 말하면서 종이를 쳐다보려고 하자, 쿠루미는 종이를 뒤집었다.

"우후후, 시도 씨도 참. 여성의 비밀을 훔쳐보려고 하다니, 정말 심술궂으시군요."

요염한 미소를 지으면서 그렇게 말한 쿠루미는 시도의 입술에 자신의 엄지를 살며시 갖다 댔다.

"윽……?!"

"후후, 귀여운 반응이네요."

"노, 놀리지 마."

시도가 손등으로 입술을 닦자, 쿠루미는 웃음을 터뜨렸다.

"뭐, 됐어. 다 쓰긴 했지? 그럼 조릿대에 달자."

그 말을 들은 쿠루미는 고개를 끄덕였다.

"예. 그런데 어디 다실 거죠?"

"으음…… 하늘에 가까운 곳에 달수록 소원이 더 잘 이루어진다던데……."

"하늘에 가까운 곳…… 그럼 저곳에 달아야겠군요."

쿠루미는 어딘가를 손가락으로 가리켰다. 그곳에는 웬만한 상점들보다 더 큰 조릿대가 세워져 있었다. 다른 사람들도 그 조릿대의 끝에는 손이 닿지 않았는지, 위쪽에는 종이가 하나도 달려 있지 않았다.

"뭐, 확실히 높기는 한데…… 좀 위험할 것 같지 않아? 자, 저쪽에 있는 조릿대에는 빈 곳이 있는 것 같으니까 저쪽에 달자."

"예. 그렇게 해요."

시도와 쿠루미는 소원을 적은 종이를 든 채 걸음을 옮겼다.

대로에서 조금 벗어난 곳에 가보니, 그곳에 있는 조릿대에는 종이를 달 공간이 남아 있었다.

"그럼 이 부근에 달자."

시도는 그렇게 말하면서 조릿대에 종이를 달았다.

그 후, 시도는 고개를 갸웃거렸다.

쿠루미가 종이를 손에 든 채, 못 박힌 것처럼 그 자리에 멈춰 섰기 때문이다.

"쿠루미? 왜 그래?"

시도가 그렇게 말하자, 쿠루미는 후후 하고 힘없이 웃은 후, 낮은 목소리로 말했다.

"시도 씨…… 조금 전에 말씀하셨죠? 견우와 직녀는 설령 몇 년 동안 계속 칠석에 비가 내린다고 해도 서로를 잊지 않을 거라구요."

"응? 아…… 그래."

시도의 대답을 들은 쿠루미는 그 말을 곱씹듯이 잠시 동안 아무 말 없이 고개를 숙인 후, 다시 입을 열었다.

"저기…… 시도 씨. 시도 씨는 몇 년 동안 비가 내려도, 저를 잊지 않으실 건가요?"

"뭐?"

뜬금없는 질문을 받은 시도는 고개를 갸웃거렸다.

하지만 쿠루미의 분위기를 보아하니 농담을 하고 있는 것 같지는 않았다.

시도는 몇 초 동안 생각에 잠긴 후, "그래."라고 말하며 고개를 끄덕였다.

"잊지 않겠어. 아니…… 잊을 수 있을 리가 없잖아. 너처럼 여러 가지 의미에서 강렬한 여자애를 말이야."

시도가 쓴웃음을 짓자…….

"그렇군요."

……쿠루미는 만족스러운 미소를 지었다.

"뭐야…… 이상한 녀석이네. 그것보다 종이 안 달 거야? 혹시 나한테 내용을 보여주기 싫은 거라면 돌아서 있을──."

"아뇨."

쿠루미는 천천히 고개를 저었다.

"아무래도…… 시간이 다 된 것 같아요."

"시간이…… 다 되었다고?"

쿠루미의 말을 들은 시도는 미간을 약간 찌푸렸다.

바로 그 순간──.

"──드디어 찾았군요, 『저희들』."

쿠루미의 등 뒤. 시끌벅적한 대로에서 약간 떨어져 있는 어둑어둑한 뒷골목에서 누군가의 목소리가 들려왔다.

"아……."

그리고 그 골목 안에 서 있는 누군가를 본 시도는 말문이 막혔다.

피를 연상케 하는 붉은색과 그림자를 연상케 하는 검은색으로 채색된 드레스를 입은 아름다운 소녀였다. 좌우 불균형하게 묶은 검은 머리카락과 다른 색깔을 띤 두 눈동자. 그리고 얼굴은──.

눈앞에 있는 쿠루미와 똑같았다.

그렇다. 쿠루미의 등 뒤에 영장을 걸친 또 한 사람의 쿠루미가 서 있는 것이다.

그림자 안에 서 있는 영장 차림의 쿠루미가 천천히 입을 열었다.

"꽤나 멋대로 돌아다닌 것 같군요. ……하지만 그것도 이제 끝이에요. 저의 뜻에 따르지 않는 분신은 이 세상에 존재해봤자 방해가 될 뿐이에요."

"부, 분신……?!"

시도가 눈을 치켜뜨면서 종이를 들고 있는 쿠루미를 바라보았다.

쿠루미는 자신의 과거를 잘라 만든 분신을 그림자 속에 넣어두곤 했다. 시도는 그 사실을 지난달에 알았다.

──하지만, 오늘 지금까지 자신과 같이 있었던 쿠루미가

분신일 거라고는 꿈에도 생각하지 못했다.

　시도가 혼란스러워하고 있을 때, 그림자 안의——『진짜』
쿠루미가 치맛자락을 살짝 들어 올리면서 무릎을 굽혔다.

　"오래간만이에요, 시도 씨. 그리고 죄송해요. ——제 한심
한 분신이 당신에게 폐를 끼쳤죠?"

　"……뭐, 뭐가 어떻게 된 거야?"

　시도가 당혹스러워하면서 묻자, 진짜 쿠루미는 분신 쿠루
미를 귀찮은 듯이 쳐다보면서 말했다.

　"일전에 제가 말씀드렸죠~? 제 분신은 저의 과거이자, 저
의 이력이라구요. 저기 있는『토키사키 쿠루미』또한 제 과
거의 한순간을 잘라 만든 유사 인격이랍니다. ——하지만,
그 타이밍이 최악이었어요."

　"최악……?"

　진짜 쿠루미는 "예."라고 말하면서 고개를 끄덕였다.

　"저기 있는『저』는…… 지난달에 시도 씨와 라이젠 고교
의 옥상에서 이야기를 나눴던 개체랍니다. ……신의 장난인
지, 제가 분신을 보충하다 실수로 재현해버렸죠."

　"뭐——."

　그 말을 들은 시도는 경악하고 말았다.

　그는 선명하게 기억하고 있었다.

　지난달, 시도와 쿠루미는 라이젠 고교의 옥상에서 대화를
나눴다.

학교에 결계를 쳤을 뿐만 아니라 공간진마저 일으키려 하는 쿠루미를 시도는 설득하려 했고, 쿠루미가 그 설득에 응하려 한 순간——.

진짜 쿠루미가 나타나 그 쿠루미를 죽여버렸다.

"네가, 그때 그, 쿠루미였던 거야……?"

"……."

쿠루미는 슬픈 미소를 지을 뿐이었다.

그 모습을 본 진짜 쿠루미는 짜증 섞인 한숨을 내쉬었다.

"미안하지만 제 명령에 따르지 않는 분신을 방치해둘 수는 없어요. ——특히, 시도 씨에게 완전히 빠져버린 『저』라면 더 그렇죠."

그렇게 말한 진짜 쿠루미는 천천히 오른손을 들어 올리더니—— 주먹을 말아 쥐었다.

그러자, 쿠루미의 발치에서 새하얀 손이 튀어나오더니, 그녀를 그림자 안으로 끌고 들어갔다.

"쿠—— 쿠루미……!"

시도는 반사적으로 쿠루미의 손을 잡기 위해 팔을 뻗었지만—— 한발 늦고 말았다.

"시도 씨. ——오늘 정말 즐거웠어요……."

별다른 저항을 하지 않은 쿠루미는 그대로 그림자 안으로 끌려갔다.

마치…… 처음부터 이렇게 될 것을 알고 있었다는 것처럼.

"쿠루, 미……."

"……같은 『저』를 두 번이나 죽이는 것도 그렇게 기분 좋은 일이 아니네요."

진짜 쿠루미는 그렇게 말한 후, 조금 전처럼 치맛자락을 살짝 들어 올리면서 시도에게 인사를 건넸다.

"볼일은 끝났어요. 가능하면 시도 씨와 좀 더 대화를 나누고 싶지만……."

진짜 쿠루미는 말끝을 흐리면서 시도의 뒤쪽을 바라보았다.

그 순간.

"시도!"

"물러서!"

귀에 익은 목소리가 들려온 직후, 별안간 모습을 드러낸 토카와 코토리가 시도를 지키듯 그의 앞에 섰다.

"토, 토카── 코토리?"

시도가 깜짝 놀란 표정을 지으면서 그렇게 말한 순간 요시노가 그를 향해 뛰어왔다. 요시노는 상황이 이해가 되지 않는지 눈을 동그랗게 떴지만, 토카와 코토리의 반응을 보곤 시도를 지키기 위해 앞으로 나섰다.

"쿠루미……! 시도에게는 손가락 하나 댈 수 없다!"

"그렇게 당해놓고 또 나타났네. 오늘은 무슨 볼일이야? 순순히 항복한다면 이야기 정도는 들어줄 수도 있어."

토카와 코토리의 말을 들은 쿠루미는 고개를 절레절레 저은 후, 시도를 바라보았다.

"──무시무시한 불꽃의 정령 양이 나타났으니 이만 실례하도록 할게요. ──안녕히 계세요, 시도 씨."

쿠루미는 그렇게 말한 후, 어둠 속에 녹듯이 사라졌다.

다음 순간, 주위를 가득 채우고 있던 긴장감이 안개가 흩어지듯 사라졌다.

그와 동시에, 시도 앞에 서 있던 토카가 그를 향해 돌아섰다.

"시, 시도! 괜찮으냐?!"

"······그래, 괜찮아."

시도는 억눌린 목소리로 그렇게 말한 후, 어금니를 깨물면서 주먹으로 지면을 내려쳤다.

"쿠루미······!"

지난달, 진짜 쿠루미에게 살해당한 분신.

그 분신이 어떤 이유로 다시 재현된 것인지는 알 수 없다.

그녀에게 어떤 진의가 있었는지도, 이제 와서는 알 수 없다.

하지만── 단 하나기는 하지만 확실한 것이 있었다.

그 쿠루미는, 진짜 쿠루미에게 살해당할 것이라는 사실을 알면서도 시도를 만나러 왔다.

겨우 몇 시간 동안의 추억을 위해, 절대자인 『자신』을 배신한 것이다.

"············큭!"

말로 형용할 수 없을 만큼 격한 감정을 느낀 시도는 또 지면을 내려쳤다.

"시, 시도……."

토카가 걱정스러운 목소리로 시도를 불렀다.

하지만 시도는 아직 머릿속이 정리되지 않았다. 수많은 감정이 소용돌이치고 있는 탓에 감정을 정리할 수가 없었다.

바로 그때.

"……시도, 그건 뭐야?"

등 뒤에서 코토리의 목소리가 들렸다.

그 말을 듣고 고개를 든 시도는── 눈을 치켜떴다.

분신인 쿠루미가 그림자에 삼켜진 장소. 그곳에 사진이 들어 있는 케이스와── 한 장의 종이가 떨어져 있었다.

"저, 건……."

그것을 본 시도는 비틀거리면서 몸을 일으킨 후, 지면에 떨어져 있는 종이를 주워 들었다.

그리고 그 종이에 적힌 글을 읽었다.

"……큭."

시도는 피가 배어 나올 정도로 어금니를 깨문 후, 그 종이를 든 채 대로 쪽을 향해 달려갔다.

"아……, 시, 시도! 어디 가는 것이냐!"

등 뒤에서 들려오는 토카의 목소리를 무시한 채, 시도는 인파를 헤치며 나아갔다.

그리고 조금 전 쿠루미가 가리켰던, 가장 큰 조릿대 근처까지 간 시도는 종이를 입에 문 채, 근처에 있는 전봇대를 타고 건물 옥상까지 올라갔다.

기묘한 행동을 하는 시도를 본 사람들이 웅성대기 시작했다.

하지만 시도는 그런 그들을 전혀 개의치 않으면서, 가장 커다란 조릿대에 손을 댔다.

그리고 그 조릿대의 꼭대기 부분에 물고 있던 종이를 달았다.

하지만.

"우왓······?!"

종이를 조릿대에 단 순간, 균형을 잃은 시도는 지붕 아래로 떨어지고 말았다. 시도의 시야는 빙빙 돌기 시작했고, 주위에서 들려오던 웅성거림은 비명으로 변했다.

"시도!"

하지만 귀에 익은 목소리가 들려오는 것과 동시에, 지면을 향해 떨어지던 시도의 몸을 누군가가 받아주었다. 아무래도 시도를 쫓아온 토카가 그를 구한 것 같았다.

"시도, 괜찮으냐?!"

"으, 응······. 고마워, 토카."

"대체 무슨 일이냐? 네가 느닷없이 어딘가로 달려가는 걸 보고 깜짝 놀랐단 말이다."

"아, 그게······ 조릿대에 종이를 달까 해서 말이야."

"뭐?"

토카는 미간을 찌푸리며 고개를 들었다.

가장 커다란 조릿대의 꼭대기 부분에 종이 한 장이 달려 있었다.

"저기에 달려고 했던 것이냐? 으음, 위험한 짓 좀 하지 마라."

"아…… 미안. 하지만…… 저 소원만은 꼭 이루어지지 않으면 곤란하거든."

그렇게 말하면서 토카의 시선을 쫓듯 고개를 든 시도는—— 바람에 휘날리고 있는 종이를 올려다보았다.

『언젠가 시도 씨와 다시 만날 수 있기를. 토키사키 쿠루미』

"잊지 않을게. ……절대, 잊지 않겠어."

시도는 말아 쥔 주먹을 하늘을 향해 치켜들었다.

어느새 하늘에는 수많은 별로 된 은하가 드리워져 있었다. 그리고 그 은하를 넘듯 한 줄기 별똥별이 하늘을 갈랐다.

오래간만입니다. 혹은, 처음 뵙겠습니다. 타치바나 코우 시입니다.

『데이트 · 어 · 라이브 앙코르』로 여러분을 찾아뵈었습니다. 어떠셨습니까. 여러분의 마음에 들었길 진심으로 빕니다.

이미 눈치채셨을 거라고 생각합니다만, 이번 권은 넘버링 타이틀이 아닙니다. 그리고 『데이트 · 어 · 라이브』 본편이 끝나 새로운 시리즈가 시작된 것도 아닙니다.

이번 권은 바로 단편집입니다! 후지미의 전통, 단편집을 드디어 내게 되었습니다!

7권 후기에도 썼습니다만, 『데이트 · 어 · 라이브』는 이야 기 성질상, 본편에 한 번 등장한 히로인의 일상을 그리기가 힘듭니다.

그래서 이번 권에서는 각 히로인에 초점을 맞춘 단편집이 라는 형식을 취해, 부족했던 히로인 성분을 보충하기로 했 습니다.

구체적으로는, 드래곤매거진에 게재된 토카, 오리가미, 요시노, 코토리, 야마이 자매의 단편과 단편집용으로 쓴 쿠루미의 단편이 수록되어 있습니다.

실은 단편집의 후기를 쓰는 것은 이번이 처음입니다.

하지만 소설의 내용은 다르더라도 후기는 그렇게 다를 게 없습니다. 그러니 평소처럼 쓰면 될 거라고 생각했습니다.

하지만 그러려고 하니 문제가 발생하더군요.

저는 기본적으로 초고를 볼륨 있게 쓴 후, 교정을 보면서 필요 없는 부분을 삭제해나가면서 원고를 완성합니다. 그래서 최소한의 후기 분량이 남을 정도의 양으로 원고를 완성하기 때문에 항상 후기가 짧습니다.

하지만 이번에는 단편집용으로 쓴 단편이 들어가기는 하지만, 드래곤매거진에 실린 단편을 수록하기 때문에……뭐, 간단하게 말해 후기용 페이지가 8페이지나 됩니다.

솔직하게 말해, 후기를 이렇게 길게 써본 적이 없습니다.

그런고로, 모처럼의 단편집이니 각 화에 대한 간략한 해설을 써볼까 합니다.

그럼 지금부터 가볍게 각 단편을 해설하도록 하겠습니다. 스포일러가 약간 들어 있을 수도 있으니, 스포일러를 피하고 싶으신 분은 본편을 읽은 후 읽어주시길.

○ 토카 게임 센터

『데이트』 1권 발간 직후에 쓴 첫 단편입니다. 메인은 토카입니다만, 드래곤매거진의 독자분들이 읽어주시는 첫 『데이트』라는 측면도 지니고 있기 때문에 기본적인 캐릭터의 역할과 데이트 시스템의 소개 등도 담아보았습니다. 여러모로 제약이 많은 이야기였지만, 즐겁게 썼습니다. 착각에서 비롯되는 이야기를 꽤 좋아하거든요.

실은 이 이야기에 등장하는 드림 판다의 판다로네는 2권 컬러 일러스트에도 등장합니다. 스트랩 외에도 여러 가지 상품이 존재하죠. 참고로 얼굴은 츠나코 씨의 자화상과 똑같습니다.

여담입니다만, 드림 판다 판다로네, 레인보우 물개 옷토레에게는 스타 낙타 알파키노와 플라워 개구리 케론피느라는 친구가 있습니다.

○ 오리가미 임파서블

이 단편이 실린 드래곤매거진에서 처음으로 『데이트』가 표지를 장식했습니다. 그리고 애니메이션화(化) 발표도 이루어졌죠.

'토카 다음은 오리가미에 관한 이야기를 써야지!' 라고 생각한 저는 이런저런 이야기를 구상해봤지만, 전부 시도가 오리가미에게 잡아먹히는 이야기더군요. 처음에는 토카와 데이트를 하고 있는 시도를, 오리가미가 터미네이터 T-1000처럼 쫓아다니는 이야기였습니다.

하지만 너무 무시무시한 이야기가 될 것 같아서 「오리가미의 호감도를 낮추기 위한 데이트」로 해봤습니다. 오리가미가 나오는 부분은 흥이 절로 나서 정말 술술 써 내려갔기 때문에 자각하지 못했습니다만, 드래곤매거진에 실린 오리가미의 삽화를 보곤 '나는 어쩌면 엄청난 짓을 저지르고 만 걸지도 몰라.' 라고 생각했습니다.

○ 요시노 파이어워크스

토카, 오리가미보다 훨씬 간단하게 플롯을 짠 이야기입니다. 역시 요시노. 작가에게도 상냥하군요.

하지만 그에 반해 원고 입고 직전에 꽤 허둥지둥 댔습니다.

왜냐고요? 실은 원고 입고 직전에 담당자님에게서 전화가 와서는 "이대로는 입고할 수 없습니다."라고 말했기 때문입니다.

코우시 「왜죠? 일전에 이야기했을 때는 오케이라고 했잖아요.」

담당자「절대 안 됩니다. 끝 부분에 비에 젖은 요시노를 본 시도의 가슴이 두근대는 장면 있죠? 그걸론 안 돼요. 부족하다고요.」

코우시「그럼 어쩌라는 거죠?」

담당자「그 장면에서는 엉덩이 맴매를 해야 한다고 생각합니다……!」

코우시「…………!」

……당신 혹시 천재?!

그 삽화는 담당자님의 파인 플레이 덕분에 나올 수 있었습니다. 브라보~.

○ 코토리 버스데이

드디어 나온 코토리 단편. 각 캐릭터의 단편을 쓰자고 생각했을 때 가장 먼저 떠오른 아이디어가 『생일』이었습니다.

분명 빠질 수 없는 일대 이벤트이지만, 본편에 넣기에는 임팩트가 너무 강하더군요. 그렇다고 해서 생일 파티 없이 나이를 먹는 것 또한 캐릭터들에게 못할 짓이라는 생각이 들더군요.

그래서 코토리의 생일 파티 단편을 쓰기로 했습니다. 이야기 진행상 본편의 코토리는 검은색 리본을 하고 있을 때가 많지만, 이번에는 평소 그려지지 않는 면을 보여드리기 위해 흰색 리본을 한 코토리가 주로 등장하게 했습니다.

○ 야마이 런치타임

여름 방학이 끝나고, 드디어 야마이 카구야·유즈루 자매가 참전했습니다. 바보 커플인 저 두 사람이 등장하면 글을 쓰는 이도 즐겁지만, 독특한 말투와 2차 숙어 때문에 여러모로 시간을 잡아먹는 캐릭터이기도 합니다.

기본적으로 지금까지의 단편은 기존 캐릭터만으로 전개해왔지만, 이번에는 본편에 등장하지 않은 캐릭터가 등장합니다. 바로 매점 사천왕입니다.

저의 데뷔작품인 『창궁의 카르마』를 보신 분들은 아시겠지만, 저는 이런 바보들을 좋아합니다. 이런 캐릭터들을 등장시킬 수 있는 것이 단편의 매력 중 하나라고 생각합니다.

○ 쿠루미 스타 페스티벌

단편집을 내기로 한 후, 신작 단편으로는 쿠루미에 관한 이야기를 쓰기로 바로 정했습니다. 그녀는 아직 본편에서도 시도에게 완전히 반하지 않았기 때문에 본편뿐만 아니라 드래곤매거진에서도 그녀의 일상을 다루는 것은 힘들다고 저도 생각했습니다. 하지만 히로인 성분을 보충하려고 하는데 쿠루미가 나오지 않는 건 좀 그렇지 않을까라는 생각이 들더군요.

시기적으로도 딱 좋았기에 스타 페스티벌── 즉, 칠석에 관한 이야기를 쓰기로 했습니다. 처음에는 『쿠루미 스타』였습니다만, 제목을 이렇게 정하니, 쿠루미가 가수 데뷔를 하는 것 같은 느낌이 들어 바꾸기로 했습니다.

기본적으로 『데이트』의 단편은 즐겁고 귀엽고 재밌게, 가신조입니다만 이번에는 약간 취지를 바꿔 안타까운 느낌으로 써봤습니다. 개인적으로 꽤 좋아하는 이야기입니다.

자, 이번 단편도 본편과 마찬가지로 많은 분들에게 도움을 받으며 썼습니다.

항상 멋진 일러스트를 그려주시는 츠나코 씨를 비롯해, 담당자님과 편집부 여러분, 출판과 판매에 관여하신 많은 분들, 진심으로 감사드립니다.

아직 보완하고 싶은 히로인이 많으니, 관심이 있으신 분은 드래곤매거진을 체크해주셨으면 합니다.

그럼 『데이트 · 어 · 라이브 8』을 통해 다시 찾아뵙겠습니다.

2013년 3월 타치바나 코우시

초출(初出)

DATE A LIVE
ENCORE

안녕하십니까. 근로청년 번역가 이승원입니다.
『데이트·어·라이브 앙코르』를 구매해주셔서 진심으로 감사드립니다.

이번 권을 번역하면서 개인적으로 꽤 걱정했습니다.
뭘 걱정했냐고요? ……무사히 발간될 수 있을지를 걱정했습니다, AHAHA.

작가님께서 후기에서 밝히셨듯이 전체적으로 히로인 성분 보충을 꾀하고 있습니다만…… 그중 요시노의 활약이 무시무시할 지경입니다.
특히 『요시노 파이어워크스』의 요시노는 정말…… 좋더군요.(어이)
순진무구한 소녀다운 모습과 그 안에 존재하는 에로스한 모습. 그리고 일러스트와 함께 나온 XXX XX는…… 왜 요시노가 로리지온 포교의 선두주자인지를 여실히 보여주고 있습니다. 그것도 역자가 발간을 걱정할 정도로요,

AHAHA.

처음에는 '이번 단편의 승리자(?)는 쿠루미가 분명해!' 라고 생각했습니다만…… 번역 작업을 끝낸 지금은 요시노에게 한 표를 던지고 싶습니다.

그리고 쿠루미 단편도 정말 좋았습니다.

현재 애니메이션 덕분에 국내에 광삼(실은 저도 때때로 그렇게 부릅니다ㅜㅜ)이라는 애칭(어이-_-)으로 알려진 그녀의 또 다른 면모를 볼 수 있는 단편이었죠.

3권 옥상 신을 보고 느꼈던 안타까움이 쿠루미의 XXXXX 삽화를 보고 조금 누그러들려고 했습니다만…… 역시 우리의 광삼이. 여러 가지 의미에서 저희의 기대를 저버리지 않더군요.ㅜㅜ

물론 다른 히로인들도 좋았습니다. 정실부인다운 매력을 보여준 토카와 스토커 레벨 MAX(?)란 어떤 것인지 여실히 보여준 오리가미, 그리고 이상적인 여동생상을 보여준 코토리와 "XX 같지만 멋있어!"라는 말을 무심코 외치게 만든 야마이 자매도 좋았습니다.

하지만…… 개인적으로는 요시노와 광삼이의 손을 들어주고 싶습니다. 독자 여러분은 어떠셨는지 궁금하네요.^^

그럼 이만 줄이겠습니다.

귀여운 요시노와 광삼이가 나오는 이 작품을 저에게 맡겨주신 삐야 님과 L노벨 편집부 여러분. 정말 감사합니다.

일본에서 사 온 위스키로 하이볼 만들어서 홀짝이려고 하는 순간 난입해 저희 집 술을 동내고 도주한 악우 여러분. 이미 당신들의 범죄 영상(?)을 다 녹화해뒀습니다.

마지막으로 언제나 제게 버팀목이 되어주시는 어머니와 『데이트 · 어 · 라이브』를 읽어주신 모든 분들에게 진심으로 감사드립니다.

상상을 초월하는 술래잡기(?)가 벌어지는 데어라 8권 역자 후기에서 다시 뵙겠습니다!

2013년 7월 말
역자 이승원 올림

데이트 어 라이브 앙코르

1판 1쇄 발행 2013년 9월 10일
1판 11쇄 발행 2020년 9월 2일

지은이_ Koushi Tachibana
일러스트_ Tsunako
옮긴이_ 이승원

발행인_ 신현호
편집부장_ 윤영천
편집진행_ 김기준 · 김승신 · 원현선 · 권세라 · 유재슬
편집디자인_ 양우연
국제업무_ 정아라 · 전은지
영업 · 관리_ 김민원 · 조은걸 · 조인희

펴낸곳_ ㈜ 디앤씨미디어
등록_ 2002년 4월 25일 제20-260호
주소_ 서울시 구로구 디지털로 26길 111 Jnk디지털타워 503호
전화_ 02-333-2513(대표)
팩시밀리_ 02-333-2514
E-mail_ lnovelpiya@naver.com
L노벨 공식 카페_ http://cafe.naver.com//lovel11

원제 DATE A LIVE ENCORE
© 2013 Koushi Tachibana, Tsunako
First published in Japan in 2013 by FUJIMISHOBO Co., Ltd., Tokyo.
Korean translation rights arranged with KADOKAWA SHOTEN Co., Ltd.,
Tokyo.

ISBN 978-89-267-9427-2 04830
ISBN 978-89-267-9334-3 (세트)

값 6,800원

© 2013 Tetsuto Uesu / illustration Tamagonokimi
Originally published by HOBBY JAPAN

열등용사의 귀축미학 1~11권

우에스 테츠토 지음 | 타마고노키미 일러스트 | 이경인 옮김

검과 마법의 세계에서 용사가 돌아왔다.

──마왕의 딸을 옆구리에 끼고서.

별세계로부터 귀환한 젊은이들을 보호하는 국제교육기관 《BABEL》.
용사 아카츠키는 역사상 최초로 마왕을 타도한 《진정한 용사》라는 충격과 함께
《BABEL》의 환영을 받게되지만,

그 실체는 하나부터 열까지 흠 잡힐 구석 밖에 없는 열등용사?

TV애니메이션 방영 화제작!!

NOVEL

라이트노벨의 새로운 빛! L노벨의 신간은 매월 10일에 발매됩니다. www.lnovel.co.kr

© 2012 Kota Nozomi
illustration Takatsukiichi
Originally published by HOBBY JAPAN

나는 역시 눈치채지 못해 1~4권

노조미 코타 지음 | 타카츠키 이치 일러스트 | 정흥식 옮김

——세계는 따분해야 딱이다.
한결같이 평범함만을 사랑하는 소년,
카고시마 아키라는 오늘도 변함없는 일상을 구가하고 있었다.
그는 다른 세계에서 온 마법사도, 아득한 미래에서 찾아온 전뇌전사도,
연구기관의 지시대로 싸우는 초능력자도 필요없는 것이다.

**둔감병이 도져도 심하게 도진 소년과 세계를
지키는 세 명의 히로인들이 얽혀들어
자아내는 초 둔감각 러브 코미디.**

라이트노벨의 새로운 빛! L노벨의 신간은 매월 10일에 발매됩니다. www.lnovel.co.kr